泅泳夜空的
巧克力飛船魚

夜空に泳ぐ
チョコレートグラミー

Machida Sonoko
町田苑香

李欣怡———譯

各界推薦

不停打工的少年、經歷家暴的母親，他們都像是一群深海中最孤獨的魚群，這是本關於成長和愛的小說，故事不長，卻讓人掛念故事中主角有沒有好好生活著，因為我們都曾是那群泅泳在夜空的魚群。

這是本會觸動你內心柔軟，並長出無所畏懼的堅強的小說，它會告訴你，這個世界有人懂你，包括你的孤獨。而其實你也想成為別人的一束光。

——**小憩**／生活觀察粉專「小憩」特集作家

小時候，我喜歡被高樓大廈包圍的感覺，站在大樓與大樓中間仰望著每一個發著光的窗戶，我會好奇那裡面發生著什麼樣的故事，是不是有人和我有著一樣的心情，想著想著，每一戶昏黃的燈光就像陽光般溫暖了我寂寞幼小的心靈。這大概也是為什麼我這麼喜歡町田苑香的文字吧。泅泳在五篇短篇小說裡，我尋找到小時候渴望被理解的心情，在魚兒的陪伴下奮力地游向大海。

——**夏于喬**／演員

町田苑香的文字不僅具有感染力，筆下的故事更是充滿療癒人心的暖意。書中五則短篇小說一口氣讀下來，心靈彷彿受到洗滌，讓我重新檢視生命的價值。在小小水族箱裡，被奮力揮動魚鰭的小魚們所感動。活著，總是會遇到許多的不順遂或不如意，甚至面臨生不如死的痛苦遭遇。但是，只要有一個人願意對自己伸出援手，那就會成為活下去的力量。

——**雪奈**／雪奈日劇部屋　版主

目錄

喀麥隆
的
藍色小魚

大顆的醬油糰子，一口咬下去，假牙就掉了，而且還一次掉兩顆。我的門牙是健保不給付的全瓷牙冠。

趁著假日，特地大老遠跑來吃這家有名的醬油糰子，大家都說Q彈美味的醬油糰子，才咬下第一口，我的牙就掉了。

糰子外層烤得焦香，鹹鹹甜甜的醬汁飽滿欲滴，我的兩顆門牙就相親相愛地插在上面。當下瞬間，我感傷地望著它們，然後，突然覺得好笑，我把正面轉向滿嘴糰子的啟太。你看，變成這樣，糰子長牙了！

啟太直接噴出嘴裡的糰子，哈哈大笑。

「齁——你很髒耶，啟太！」

「一整個大缺牙，妳是怎樣啦？」

笑甘願了，啟太拿起手機對準我。我舉起糰子，露齒微笑，他全身抖個不停，幫我拍下來。隨著輕快的電子音，我的缺牙臉化作電子數據，半永久性被記錄下來。我叫他拿給我看，看到的是一張跟風雅茶屋極不相襯的滑稽笑臉，比我想像得還勁爆，突然覺得很羞恥，我像拿著拐杖般揮了揮手上的糰子。兩顆牙還插在上面，啟太看看我、又看看手機，咯咯笑個不停。

「天哪，肚子好痛。是說，小幸，原來妳門牙是假的。」

「對呀，以前被人家揍，然後就斷了。」

我邊告訴他，同時把糰子上的牙拔出來。高中的時候，有兩個不良少年打架，我跳進他們之間被打到。痛就不用說了，血流如注，加上看到平時只有照鏡子才看得到的門牙滾落地上，打擊太大，我忍不住大叫，真是一團混亂。對方看到滿臉是血高聲尖叫的我，整個縮回去，那場架宣告無疾而終。

「小幸妳以前是不良少女？妳有那個本事嗎？」

聽他這樣講，我笑了出來。論天分應該是零吧，只是剛好在一起的人有點像不良少年，打架對他而言根本是家常便飯。我這樣告訴他，一邊把兩顆牙放進空的藥盒裡。原本是要去補買維他命的，現在正好派上用場。

「蛤——我還是很難相信。那個人是妳朋友嗎？」

「大我兩歲的兒時玩伴。我們住得很近，從小他就個性衝動，動不動就打架。托他的福，只要不是太嚴重的傷，我處理起來熟練得不輸護理人員喔。」

「小幸，妳不適合暴力啦。」

「並不是暴力喔。啊，不好意思，這些糰子我想外帶，可以給我一個容器嗎？」

我掩著嘴，把店員叫住。原本想大吃特吃一番的，比一般尺寸稍大的糰子，在我前面排了五串。如今沒了門牙，我頓失吃掉它們的自信。

「這些冷凍之後應該還能吃吧。」

「應該吧。小幸，妳好可憐喔。剛烤起來超好吃的。」

我把糰子裝進塑膠盒，啟太在我眼前大口大口地吃。嘴角沾到醬汁，他繼續伸手拿第三串糰子。啟太除了醬油糰子，還點了芝麻黃豆粉口味，邊吃邊喊好吃好吃。啟太那天生的門牙，一口口咬下黃色的糰子。

「這牙，好歹也該等吃完再掉吧。」

「就是說啊。啊，妳現在就去預約牙科吧，我去的那間牙醫，不是禮拜天也看診嗎？順利的話搞不好晚上妳就可以吃糰子了。」

有道理。我拿了手機出去店外。冷風咻咻吹來，讓我縮起身子。啊～好冷，都年底了，當然冷。吐著白霧打電話，運氣不錯，牙醫有空。太好了，可能可以像啟太說的，今天以內就吃到糰子了。

結果啟太除了糰子，還吃了鄉村紅豆年糕湯[1]，明明嘴上說不怎麼喜歡，結果卻連附上的鹽昆布都吃個精光。然後，我們分別騎上腳踏車踏上歸途。啟太跟我各自把同樣的圍巾在脖子上繞了幾圈，我的是灰色，他的是苔綠色，再戴上手套。不像我騎淑女車，啟太是越野車（當然還有體力的不同），速度很快。我不時被拋在後面，努力追著啟太的背影。

我用舌頭在口中探索。空出了兩顆牙的空間，舌尖可以觸及僅剩的牙根。我動著舌頭，怔怔憶起掉牙當下的情景。喀，恐怖的聲音在腦中作響，和有人喊我的聲音等，都鮮活重現。明明是那麼久以前的記憶，卻驚人地明晰湧現，看來我的記憶力比自己想像得好。不過，不可思議的是只有揍我那個人的臉無法重現。正確地說，是只有那個人當時的表情想不起來，其他時候的表情都還記得，真的很不可思議。

小幸，騎在前面的啟太回過頭喊：我要去玩，晚飯前會回家，可以吧？我點頭，啟太舉起一隻手，然後滑進岔路遠離。那條路上有啟太喜歡的電子遊戲場。他最近迷上不知道叫什麼來著的對戰遊戲，得意洋洋地說自己在排行榜名列前茅。

失去追逐目標的我，放慢踩踏板的速度。呼～一聲，肩頭鬆了口氣。仰望天空，冬季澄澈的藍天無邊無際，一片萬里無雲的淡藍。想起那天，似乎也是這麼冷、天空這麼美。沒錯，用毛巾壓著嘴，我仰臥看見的，也是這樣的天空。

阿龍坐在我旁邊，低聲說：白痴。

「白痴啊？幸喜子進來擋什麼擋啊？」

1 「田舍汁粉」：紅豆煮軟後，帶皮稍微搗爛，佐以年糕或湯圓的紅豆湯。

啊我怕乙礙打下去會把摁鴨打死啊。我根本沒辦法好好說話，回答時被血腥味嗆到。阿龍剛才緊抓不放、一拳又一拳痛扁的男生，上氣不接下氣，吐著血泡，我心想，他一定會死掉（不過結果他以完全不像垂死的速度騎上自己的機車飛奔而逃）。我一直覺得總有一天他可能會殺死人，不記得是先覺得「那無疑就是此時此刻」、還是先付諸行動，總之我就是鑽進了他們兩人之間，完全沒料到自己會被揍。

「是怎樣？我以為我會害妳沒命，白痴！」

有一瞬間，他先露出快哭出來的表情，然後阿龍開始用拳頭使勁揍地面、自己的嘴和下巴。對不洗、阿紅、阿紅你一定也訝到了對吧，我說話口齒不清。阿龍完全不看我，只有稍微低下頭，一邊用力搔，一邊說「我真是怕了妳」。

血一止住，阿龍就用機車載我到醫院。阿龍穿的卡其色羽絨衣沾滿了黏稠的血。對不洗、阿紅。外套我會互責拿去乙的。阿龍只是沉默不語。

從此阿龍在我面前再也不打架了。之前常常蠻不在乎使用暴力手段，突然都沒了。不過他並不是不打架了，跟以前打得一樣凶，不，其實打得更凶了。

那是怎麼回事呢？是他開始跟我保持距離。問他理由，說是如果我在，他的手就動不了。我邊回答這樣啊，邊想為什麼阿龍無法不揍人呢。撫摸我的時候，明明就溫柔無比，為什麼那兩隻手非變成凶器不可？但我問不出口，因為我隱約知道，如果我開口問，阿龍一定會露出悲傷的表情。

如今回頭，我才知道，阿龍個性太認真、太體貼。明明身處不適合的環境，卻勉強自己適應，如果換一個環境，他就能呼吸了，他卻選擇繼續留在這裡，不斷揮舞拳頭。

「現在的我就能理解啊。」

我埋在圍巾裡自言自語。即使我這麼笨，現在也能懂。不過，懂歸懂，依舊束手無策。

緩緩踩著踏板，不知不覺也到家了。我家是間小小的老平房。扶養我長大的外婆已故，她年輕時買的房子，現在屋齡超過六十年。牆壁有裂痕，春天會冒出薺菜，屋頂瓦片也長滿了青苔。家中常常整理，所以很整潔，不過縫隙很容易灌風進來，紙門很緊、不好開闔，可能房子有點傾斜。唯獨玄關拉門狀況極佳，鎖一開、手輕輕推，就會發出清脆的喀啦一聲、順順滑開。

幫忙把這扇門弄好的是阿龍。

中學畢業後，阿龍跟著一位泥水匠當學徒，好像是他育幼院院長認識的人。年紀一把了，不過身材高大、長相凶惡，左手小指第二關節以上沒了。聽阿龍說，他腹部還有一處很大的刀傷疤。他姓田邊，太太很早就死了，一個人住，阿龍去當學徒，就直接住進了田邊家。

不管阿龍再怎麼打架鬧事，田邊爺爺只會笑著說真拿他沒辦法，然後用他大大的手掌往阿龍腦袋用力拍下去，說不要太過分啊。阿龍會揮掉他的手，回他囉嗦啦，老頭早點去死一死。田邊爺爺只管笑。

不過，阿龍打斷我門牙時，爺爺使勁把阿龍揍飛，阿龍倒下，他又抓住阿龍領口把人揪起來，連續揍了三次，這當中田邊爺爺一語不發，阿龍也什麼都沒講。

沒多久，田邊爺爺生病過世了。田邊爺爺的遺體被推進火葬場焚化爐的瞬間，阿龍大叫起來，像是打架前用來振奮士氣、吐出來自丹田之氣的那種吼叫方式。我緊緊揪住阿龍的衣角，每當他揮舞拳頭要衝出去時我總會這樣做。打架的時候，衣角總是從我手中掙脫而去，只有這次，衣角乖乖留在我手中。

田邊爺爺過世後第一次過年，阿龍突然出現在我家，笑著說我能來的也只有這裡了。外婆很疼阿龍，說你來我很開心啊，招呼他進屋。看見外婆關著那扇不聽話的玄關門，阿龍說，我幫妳修一下。

阿龍離開了一陣子，回來時帶著各種道具，然後把跟軌道已經不合的門拆下，開始一點一點削掉溝槽。我跟外婆坐在玄關高一階的地上看著阿龍修理。阿龍好厲害啊，居然連這個都會。被我這樣一說，阿龍點點頭。

「老頭教我的。」

簡短回答的阿龍，臉上露出溫和的表情，我也點頭，這樣啊。阿龍把門一下子裝上、一下子拆下，繼續削，反覆了好幾次，手法非常純熟穩重。好厲害啊，阿龍。我跟外婆好像說了好幾遍，阿龍面露傻眼的表情說，妳們有完沒完？差不多一小時左右，門弄好了，拉起來非常滑順。

田邊爺爺教了阿龍很多事。泥水匠的工作就不用說了，還教他怎麼煮高湯、怎麼擦榻榻米等等。我家的年糕湯是在醬油口味的清湯裡放烤年糕，阿龍說放用白味噌煮入味的年糕更好吃。聽說田邊爺爺煮的年糕湯都是白味噌口味。我說我沒吃過，阿龍就特地煮給我吃。田邊爺爺連煮年糕的食譜都傳給阿龍了。吃了跟平時不同風味的煮年糕，外婆說，田邊爺爺可能是關西人。阿龍歪著頭說，不過老頭沒什麼口音，然後喃喃自語說好想去看看、想去老頭待過的地方。我咬著拉得長長的年糕，覺得好好吃。

過完年，阿龍突然消失了。我哭著到處找他，從田邊爺爺那邊接手照顧阿龍的叔叔告訴我，他去找不太妙的人了。小幸，別再找了，那傢伙不會再回來了，就算回來，妳也不該再跟他有任何牽扯。阿龍說，那些人身上有田邊爺爺的氣味，可是田邊爺爺明明非常非常討厭那種氣味啊，他一直拚命想洗掉那種氣味，為什麼形同兒子的阿龍會被那種氣味吸引呢？明明那種氣味是不好的東西啊。叔叔說的時候，看起來很悲傷。

阿龍討厭甜食，卻喜歡甜甜的香氣。蛋糕店的味道、鄉村紅豆年糕湯煮滾時的味道等。他最喜歡的是我嚼黃色包裝紙水果口香糖的氣味。阿龍說，喜歡我一邊嚼口香糖一邊講話。即使吐掉口香糖之後，香料很重的口香糖味道還在，這種時候，阿龍吻我的次數會增多。在溫柔輕啄的吻之間，阿龍說，有幸喜子的味道，說這就是幸喜子的味道。

阿龍總是會在胸口內袋放著自己從不吃的水果口香糖。他口袋裡永遠放有這種會散發我的味道、散發吻我時水果口香糖的味道，從不斷貨。得知這件事的我，似乎有點懂他離開的理由。

之後，阿龍就像叔叔說的，沒有再回來過。偶爾會聽到阿龍一些毫無根據的傳聞，例如他負責接送應召女郎、或是割傷牛郎的臉、拿了黑道的錢捲款而逃被追殺、或是殺了人之類的。

我則生活在沒有阿龍的城鎮。高中畢業，在一間小工廠工作，用工業用縫紉機縫製汽車座椅扶手的布套。我負責檢查縫好的套子有沒有鬆掉、線頭打結或斷線。我被賦予的任務就是盯著有時是直線、有時有點曲線的縫線處，心情上有點像是守望螞蟻的隊伍有沒有好好接上。我用在這邊領到的第一份薪水，帶外婆去吃迴轉壽司，兩個人吃得飽飽的。外婆吃了十五盤，說這輩子沒吃過這麼好吃的壽司。我說，那以後我們每個月都來吧，發薪日就來這家店。外婆訓誡我，每個月都這麼奢侈會遭天譴。還沒領到第六次薪水，外婆就死了，而迴轉壽司，我們就只吃過那唯一一次。

幫外婆守靈的夜晚，阿龍來了。我聽見玄關傳來咚咚敲門聲，拉開門，阿龍就站在那裡。閃亮亮的金髮全往後梳，一身看起來昂貴、訂製合身的深黑西裝。阿龍緊抱我說，妳一個人很難熬吧。你為什麼能回來？怎麼知道外婆過世的消息？我有一堆問題想問，不過，我只是點個頭，在阿龍懷裡深深吸氣。聞到水果口香糖和田邊爺爺的氣味，腹部一帶暖了起來。

阿龍在玄關，還沒拜外婆就脫了我的衣服。剛入秋，夜晚有點涼，我提議到裡面去，可是阿龍自己的衣服也沒脫，就地性急地進到我裡面來。睽違甚久的感覺讓我幾乎喊出聲，可是聲音傳到外婆那邊多害羞，我努力忍著，乳房被擠壓在牆上，他粗暴地從我身後衝撞攪轉之間，我想起以往，我也總是忍著不出聲，因為覺得如果發出聲音，阿龍帶來的快感就會從體內漏出去，我總是拚命摀住嘴將聲音吞下，因為，不願意有一丁點從體內溜走。

在我體內力竭後，阿龍穿好衣服，走到外婆靈前。外婆生病的期間很短，並沒有憔悴的病容，看起來像只是睡著了。阿龍說：「阿嬤，多保重啊。」看著阿龍的背影，我心想，原來如此，外婆只是踏上新的旅程了。我的大腿內側，流著阿龍黏稠的精液。

然後我們在薄薄的墊被上再度交合。這次阿龍有好好把衣服脫掉。阿龍的身體，比我記憶中更有肌肉，而且多了好多陌生的傷痕，左側腹有很大的縫合痕跡。欸，你是不是說田邊爺爺肚子上有傷？我邊問邊用指頭順著那有刺鐵絲般的痕跡畫下去，阿龍一副很癢的樣子，笑了。然後，緩緩吐出香菸的煙說，老頭的我記得在右側。

我從被窩鑽爬出來，伸手拿阿龍脫在地上的西裝外套。探了探黑色裡布的內袋，果然找到黃色包裝紙，整個皺巴巴的。我問，我可以吃嗎？他說，這不知道什麼時候的，吃壞肚子不管妳喔。我一邊笑說真的耶，一邊揭開黏答答的包裝紙，放進嘴裡。他說，搞不好會瘦，笑容好溫柔。

嚼著變軟的口香糖回到被窩裡，阿龍空出有刺鐵絲那一側的位置給我。

我在他懷裡講自己的事。大部分是在講可樂。工作時跟我一組（有第一道檢查跟第二道檢查）的，是一位叫可樂森的菲律賓女性，暱稱是可樂。可樂把家人都留在菲律賓，晚上在菲律賓酒吧工作。人有點肉肉的，有著蜂蜜色的皮膚，年過四十，妝化很濃。她都噴不知道什麼牌子的香水，味道像是把熟透的南國水果和快凋謝的南國花朵一起煮到濃縮的感覺。講起話來不是很流暢的可樂，很會照顧別人，常常會把自己做的菜分給我，裝在保鮮盒裡，為了防止湯汁漏出來，還仔細包了兩層塑膠袋。有一道菜是用椰奶和各種香料燉煮的豬肉和青辣椒，很好吃，可是很辣。

可樂說，我就像她女兒一樣，留在菲律賓的女兒，年紀跟我差不多。我說我沒見過自己的母親，她竟然說，那妳就叫我媽媽吧。我當然不好意思真的這樣叫。我總覺得啊，媽媽、母親這些詞彙，我一輩子都沒有緣分，不過，我跟可樂說我沒辦法喊她媽媽的時候，她顯得很難過，公司的人看到她那樣，都要我喊她媽媽，說我應該接受她。

阿龍一直聽我說，不時回應我。他告訴我，那道菜應該叫比哥爾快車（Bicol Express），他也吃過，很適合配啤酒。

口香糖沒味道了，我吐在包裝紙裡，阿龍過來吻我。舌頭交纏、吐氣合一。阿龍說好懷念啊，那句話黃黃的、甜甜的，我回答對啊的兩個字也是。

第二天早晨醒來，阿龍已經不見了，枕邊有幾團面紙、皺巴巴的口香糖包裝紙、還有一個茶色信封，我拿起來看，裡面放著驚人金額的紙鈔。房間裡還殘留著一絲阿龍的氣味，我用力吸氣，鼻腔深處有水果口香糖的味道。

我心想：你不帶我走啊。你要把我孤零零一個人留在這個城鎮裡啊。盯著信封，我久久無法動彈。

房間都還沒暖起來，預約牙醫的時間就快到了。在還冷冷的暖桌中，呆呆回憶著阿龍的我，奮力站起來。拿起腳踏車鑰匙，又放回去。也沒有很遠，用走的吧。戴上庫存的口罩，再度把圍巾一圈一圈繞好，戴上手套，從茶簞笥[2]拿出健保卡放進包包，確認裝牙的藥盒還在，然後出門。

穿透口罩吸入的空氣冰冷，鼻腔內部感覺刺痛。我用舌尖探著嘴裡的空洞，慢步前行，騎著腳踏車的老爺爺超越我而去。有記憶以來就生活著的這個城鎮，令我放鬆。不用刻意把皮繃緊也能活下去。不對，應該說我後來做得到了，是我學會了在這個城鎮呼吸的方式。

一出家門，就有一塊很大的空地，我停下腳步。現在只剩下混凝土地基能勉強辨識出曾有棟建築物，這裡過去是阿龍待到十五歲的育幼院。阿龍消失差不多兩年後，院長過世，育幼院就關門了。聽說當時院裡的孩童都被送到各地育幼院去了，但詳情我也不清楚。他們應該也都長大成人了吧。

我沒見過父母，母親是單親媽媽，在我懂事之前就把我託給外婆，自己消失了。我常來這裡跟育幼院的孩子一起玩，總覺得相較於父母雙全的孩子，育幼院的孩子跟我比較接近。這裡的孩子知道我沒有父母後，也都對我很好。院長也好、職員也好，沒有人會責備我過來這邊玩。現在記憶已經模糊了，不過我覺得自己可能有跟他們一起吃點心，有時還一起吃飯，因為我記得曾經跟阿龍一起排排坐吃咖哩，阿龍喜歡福神漬，我會把自己的福神漬輕輕放到他盤子裡，阿龍會把我給他的福神漬留到最後才吃。

呼出一口氣，向前邁步，手插進夾克口袋裡。平時並不會這樣，今天我卻一直想起阿龍。這兩顆門牙，或許是堰堤，一直以來，攔阻著隨時要潰堤的那些關於阿龍的記憶，我腦海浮現這種天馬行空的奇異想法。這兩顆小小瓷片，原來不是只有在外觀上扮演極為重要的角色啊，我笑了笑。

外婆過世十二年，表示我十二年沒見到阿龍了。如今連他的傳聞都完全銷聲匿跡，記得阿龍的人也都不在了，知道他的，一定只剩下我了吧。

走著走著，前方有人影。這地方不大，可能是認識的人，我慶幸自己戴了口罩，打個招呼是不成問題的。

一抬頭，我卻大吃一驚，眼前站著的竟然是阿龍。

「你怎麼了？阿龍？」

阿龍跟我最後一次看到他的時候很不一樣，原本的金髮變黑髮，太陽穴附近還有一絲一絲白，穿著感覺格格不入、彷彿借來的西裝，身形也有點消瘦了。

---

2 收納茶具的櫃子。

「妳感冒啊？」

阿龍只揚起右邊嘴角問。以阿龍的聲音而言略顯沙啞，而他的笑法，跟我記憶中不同。

「你怎麼了？阿龍？」

我又重複了一次。我心目中的阿龍，跟眼前的阿龍，有一點點對不上。他走過來，抓住我的手腕擁我入懷。

「原本想問妳好不好，結果戴著口罩。感冒了？」

「不是啦，牙齒掉了。」

我趕緊取下口罩，仰頭看阿龍，然後對他露齒一笑。

「剛才掉的，你看，很慘吧？」

阿龍驚訝地張大眼睛，然後若有所感地笑了。啊，是那時候的牙啊。這次是一如往常的聲音，我鬆了一口氣。

「牙齒留在醬油糰子上了。現在正要去牙醫那邊。」

「是喔。」

阿龍摸摸我的頭，又笑了。我很開心，也笑了，阿龍柔聲說口罩還是戴上吧。

「幸喜子妳……」欲言又止，然後他說對不起啊，輕輕低頭致歉。

「又不是阿龍的錯，是糰子啦。」

一邊戴上口罩，感覺腹部深處冰冰的。阿龍身上聞不到水果口香糖的味道。我知道那種口香糖已經買不到了，好幾年前就聽說停產了。那時覺得很遺憾，不過不像現在這麼傷心。到現在我才發覺，當時自己目睹了極為珍視之物的終結。

「阿龍，我們現在回家吧。你去拜一下阿嬤的佛壇？我煮一大桌菜給你吃，我有好多話想跟你說。」

「幸喜子，妳應該去看牙醫吧？」

阿龍邁步走在我前面。哪家牙醫？是我知道的診所嗎？我回答阿龍：不是，是商店街入口那邊新開的。不過也開了兩年了吧，周六周日也看診。阿龍邊走邊說是喔。我對自己雀躍加速的心跳不知所措，追在他身後。阿龍注意到，停下腳步等我追上，並排後，他才邁出腳步，步伐比剛才慢了些。

以前我們總像這樣在一起。這個角度看到的阿龍只屬於我一個人。可是，阿龍丟下我離去了，兩次。而這次一定也會。

「你還是會離開嗎？」

簡短問他，阿龍從口袋抽出一根菸，點火。呼～地吐出白煙。

「對。這次會很久。」

說完，他朝下瞥了我一眼，眼神對上，眼角微瞇了起來。

「去哪？」

阿龍從口袋掏出隨身菸灰袋，撣掉煙灰，然後小聲說，幸喜子不需要知道的地方。

「我又不是小孩，都老太婆了，哪有什麼不需要知道的地方。」

看我認真火大的樣子，他忍俊不禁，拿菸指著前方。牙科是那間吧？我在外面等妳，快去。

「你不會跑掉齁？」

打開牙科門之前，我問阿龍，他笑著點頭。還沒要走啦。

「要等我喔！」

看牙的時間痛苦萬分，想像阿龍遠走的背影，我有兩次差點開口說假牙隨便啦，我要走了。幸虧牙又嵌回原處，等不及好好確認，我付了錢就飛奔出去，阿龍喝著罐裝咖啡在等我，看到我，他對我揚起單邊眉毛，我喉嚨深處感到一陣熱。

「弄好了？笑一下給我看。」

阿龍一臉愉悅，我毫無顧忌揚起嘴角衝著他笑，阿龍說，嗯，很可愛，然後四下張望。

「是說，這條商店街也變得好冷清。以前比較有生氣。」

「你看，那邊的購物中心，那邊蓋起來了嘛。」

看著我指的方向，阿龍喃喃自語說，沒想到八百清蔬果店也沒了。他們家老闆人很好啊，阿龍把咖啡罐捏扁丟進垃圾桶，哐啷一聲。

「大叔是去年過世的，他生前常常提起阿龍喔。」

「反正一定是說我是個令人頭痛的笨屁孩之類的吧。」

「才沒有。」

那傢伙明明差不多可以回來了吧。大叔總是這樣講。現在誰還記得他以前鬧的事，現在又沒人認識他，明明就可以回來了。

可是，這些話並不適合講給還要去別處的阿龍聽。

「誰曉得。不過，他對幸喜子很好，常對妳說教，要妳別再跟我交往了。」

「呵呵，的確有。」

阿龍伸出手，我緊緊牽住。他問，雖然有點繞路，可不可以穿越商店街，我點頭。我們牽著手慢慢走過商店街，並排走過行人稀少的路。阿龍說有種奇妙的心情。

「以前我明明痛恨這個地方，希望它全部消失的。」

「你討厭的東西，全都沒落消失了呀。」

那時候覺得那些東西永遠都會在。阿龍低語。我撿拾起他的詞彙，點頭。覺得永遠都會在，結果令人難以置信地消失殆盡囉。

走在路上，每間店的鐵捲門都關著。以前鄉下的商店街聚集了鄉下所有的人，大家都對我們敬而遠之。品行不良的育幼院男孩，跟被父母拋棄的女孩依偎走在一起，大家都覺得我們很可疑、在背後指指點點，我們很討厭這條街。

我外婆心胸寬大、溫柔慈祥，不過只有一件事，她嚴格命令我不能違抗，就是要好好讀到高中畢業。外婆自己連平假名都寫不齊，為此吃了很多苦頭。而我媽，據說也只有國中畢業，完全不是讀書的料。

所以幸喜子妳要好好上學、好好讀書喔，這樣人家才不會看不起妳，妳就可以跟別人一樣幸福了。這是外婆的口頭禪，我為了遵守跟外婆的約定，沒辦法休學，所以再怎麼討厭，還是留在這條街上，而阿龍一直陪著我。

「啊。」

阿龍發出短短一聲，停下腳步。在大大玻璃窗另一側，有幼小的兔子，更裡側可以看到像鳥籠的東西，招牌上畫著魚啊烏龜什麼的，好像是寵物店。

「妳知道這家店嗎？」

我搖頭回答阿龍的問題。

「這一帶根本沒人，這間店大概馬上就會倒掉。」

話剛說完，阿龍已經開了店門，馬上飄來一股動物特有的氣味，我常走這條路，卻完全不知道這間店的存在，我也好奇地跟著阿龍進去。

裡面櫃檯坐著一位婆婆，膝上有隻花貓，整顆頭被米色毛線帽包住，正在看小型電視。好像是兩小時電視劇的結尾。

「婆婆，這間店什麼時候開的啊？」

「去年，是我孫子的店，我只是幫忙顧店，拜託不要問我太難的問題喔。」

婆婆講話的時候，眼睛也沒離開電視。阿龍用鼻子笑了笑，說，讓我參觀一下喔。貓咪代替婆婆喵嗚了一聲。

這間店似乎以爬蟲類跟魚為主，除了幾隻鳥、兔子、倉鼠之外，放滿了水族箱，有各式各樣的魚和烏龜。阿龍用新鮮的眼光望著噗噗冒著氣泡的水族箱，說，幸喜子妳看，好美喔。我漫然看著小小水槽旁的說明。非洲藍眼燈，原產於喀麥隆、奈及利亞的鱂魚，正如其名，特徵在於發出藍光的眼睛……水槽裡有兩隻魚游著，眼瞳看起來是藍色的、很小、很漂亮的魚。我眼睛盯著牠們跟阿龍說，這種魚，故鄉在喀麥隆耶。喀麥隆不是很遠嗎？牠們現在待在這麼小的水槽，好可憐喔。

阿龍說，不會啊，任何生物都可以適應環境活下去。妳看，牠們現在不是相親相愛在游泳嗎？我沒辦法回答對啊，專注凝視著水槽。

「婆婆，我要這個魚。」

阿龍開口得很唐突。

「買來要怎麼養？」

我慌張地問，阿龍從胸口掏出錢包，說，妳養就好了。妳幫牠們弄一個不是咯麥隆也適合生存的環境吧。

「我家又沒水族箱，只有金魚缸而已耶。」

「那個也可以啊。反正牠們說來說去還不是鱂魚。」

婆婆拿來一個小網子，把兩隻魚裝進廟會常見的那種塑膠袋裡，然後說，六百四十八日圓。阿龍拿出幾張千圓鈔，說，不必找了，我還要飼料。婆婆拿來的盒子上寫著孔雀魚的飯，魚很愛吃、不會汙染水質。用螢光綠寫得大大的。

「阿龍，我沒照顧過魚。」

「別擔心，妳連我都照顧得來了。」

走出店裡時，我手上多了水裝得鼓鼓的塑膠袋，還有一盒孔雀魚的飯。我邊走邊望著晃晃蕩蕩的水面，鱂魚們舞動小小的鰭游著。阿龍牢牢牽著我空著的那隻手。

牠們會不會呼吸困難啊，我說。被牽著的手抽動了一下。

「被關在這麼狹窄的空間裡，牠們會不會呼吸困難啊？」

阿龍沉默了一下，才說，不知道耶。

「跟喀麥隆什麼的河比的話，難免有點不習慣吧。」

「這樣太可憐了，欸，我們把牠們放生吧。」

我聽說再往前走一點的河現在也還有鱂魚，牠們應該可以活得自由自在吧。我雖然這樣想，阿龍卻否決了。

「不行啦。鱂魚也有分種類，這兩隻一定會被霸凌，然後死掉。」

「會死掉嗎？明明都是鱂魚？」

「對。怎麼想都會吧。」

阿龍不知何時點起了菸，呼地吐著煙。

「可是，不知道耶。說不定放生也好。拚命游動牠們的鰭、努力找食物，或許可以活下去。」

「那，放生囉？」

我們來到小小的河邊。這條河兼具稻田灌溉渠的功能，水比想像中髒。看到水草間浮著零食的空袋子，我捏緊了手上塑膠袋的繩子。這種地方不可能有鱂魚。可是阿龍卻望著水面說放生吧。

「能不能活下去，就看牠們自己了。」

我打開袋口，可是遲疑地無法放走牠們。

「放出來，幸喜子。」

阿龍語氣特別強硬。可是，阻止我把鰷魚倒進河裡的也是阿龍。

「算了，妳把牠們帶回去。」

「蛤？說要放生的也是你。」

「就只有兩隻，牠們可以輕鬆度日的地方到處都是。讓牠們活下去吧。」

我抱著袋子，點了點頭。

回到家，我把藍眼燈放進原本收在壁櫃裡的金魚缸。兩隻開始悠然自得地游泳，看起來很舒適，我鬆了一口氣，心想，幸好帶回來了。刻意把牠們放在不舒服的地方，毫無意義。

在這當中，阿龍去給外婆的佛壇上香。我泡好茶，端去佛堂，合掌祈禱好一陣子的阿龍，環視四周，問我：妳不是一個人住啊？

「對，有人一起住。等下就會回來了。」

阿龍睜大眼睛說他都不知道。外婆過世的時候他馬上就知道了，所以我以為他一定也知道我同居人的事。他不知道，我也很意外，畢竟跟啟太一起生活也那麼久了。

「那我走了，不然很尷尬。」

「見個面再走吧，我想啟太也會很高興的。」

「果然是男人。那妳要怎麼跟他介紹我？」

「就跟他說：這是爸爸喔。」

正要站起來的阿龍整個人僵住，用不敢置信的表情看我。我呢，理所當然地說出了從十二年前就知道的事實。

「啟太是阿龍的小孩喔，快滿十二歲了。」

我對著阿龍嬉皮笑臉。搞不好是外婆投胎的對不對，畢竟是那時候的孩子。

阿龍整個人膝蓋一軟，倒在地上，雙手摀住臉，然後從指縫間擠出聲音。我丟下妳離開了耶，妳在幹嘛啊？啊，人家喜歡阿龍嘛。阿龍留給我的東西，怎麼捨得丟掉呢。哪有人會因為這種理由決定生下來？在這種地方，靠妳孤零零一個人。我跪坐在阿龍面前，把他的手拉過來。以前打斷我門牙的那隻手。我把它貼在臉頰上，說，我終於懂了。

「變成老太婆，我終於懂了，阿龍在這裡拚命游動你的鰭，為我活下去。為了我，雖然很痛苦，還是一直努力游動你的鰭。這個拳頭，就是阿龍的鰭，對吧。」

指節嶙峋的手暖暖的。

「阿龍為了生存下去而揮動你的鰭，然後我受傷了。阿龍從那時候起，就一直很痛苦吧，對不起，我當時不了解。」

所以阿龍才從這裡逃走了。我無法責怪你。把阿龍綁在這裡的也是我，讓阿龍逃離的也是我。都是我的責任。

「我覺得自己可能還會帶給阿龍痛苦，可是我沒辦法丟棄阿龍留給我的東西，我那麼喜歡你。」

我一直都那麼喜歡你啊。不管阿龍在這裡活得多痛苦，我都希望你留在我身邊，只要在同樣的水裡，我就能幸福泅泳。

我這樣說，阿龍默默抱緊我，然後說對不起。對不起，我非走不可。我點頭。沒關係，只要再來見我就好，只有這裡也好，我會讓這裡成為一個容易呼吸的地方。

在水果口香糖氣味不再的胸前，我哭了一下下，接著，給了一個沒有甜甜香氣的吻。

然後，在啟太回來之前，阿龍就離開了。

「小幸，我在阿祖的佛壇上找到這個耶。」

第二天，我在客廳喝茶，啟太手上拿著一個我似曾相識的信封，裡面果然同樣放著很多錢，不對，可能比那時候還多。

「哎呦~這怎麼回事啊？小幸妳該不是幹下什麼不妙的勾當了吧？」

「我是沒有啦。這是啟太的爸爸給的。不過，搞不好不要碰比較好。」

「蛤？我有爸爸？」

啟太一副驚嚇過度的樣子，我覺得很好笑。我跟他開玩笑說，如果啟太是我一個人細胞分裂生出來的，應該會再笨一點。

「別給我岔開話題，什麼嘛！我還以為我爸死掉了。」

「活著喔。不知道下次見面是什麼時候就是了。」

搞什麼嘛，啟太懊惱得直跺腳。既然活著，至少給我看看長什麼樣子啊。

「一定有機會的，應該，總有一天。」

我咬著昨天沒吃成的糰子。微波加熱後很甜很好吃。心想，唉，昨天要是能吃到現烤的多好。

「等一下，小幸，妳剛才說我是沒有啦，對吧？意思是，我爸幹下不妙的勾當了？」

「誰知道。大概，沒有……嗎？」

「慢著慢著，什麼叫沒有……嗎？這樣我是不是當作我爸死了比較好？」

「欸，啟太，你幫忙上網查一下啦，看看放在玄關金魚缸裡的魚要怎麼養才養得好。」

「蛤？我現在沒在跟妳講那個。不妙的勾當到底是什麼？

「我希望喀麥隆的魚，也能在這裡活得很好啊。」

我邊說邊回想跟阿龍一起看的藍色眼睛，啟太嘆了口氣。

「剛才的問題算我沒問。我也不是不知道小幸跟一般的父母不一樣，倒也沒指望過小幸的對象是什麼中規中矩的人。」

「啊，不准這樣說，他可是很好的人喔。他就是因為很重視我才離開的。」

什麼跟什麼啦。啟太邊嘆氣邊跑向玄關，然後又馬上回來了，有點傷心地說，小幸，一隻死掉了。

我啜著茶，說，是喔。用舌尖舔了舔門牙，感受兩顆門牙安然無恙。

泅泳夜空

的

巧克力飛船魚

「快放暑假的時候，近松晴子孵化了。」

晴子個子小小的，靜靜的，留著娃娃頭，像一頂漆黑的安全帽，臉有點像松鼠。從沒聽過她大聲嬉鬧，上課也幾乎不發言。就算她開口，也是悄悄出聲，幾乎看不到嘴巴在動。我從小學就認識她了，可是我還得花點時間才能想起她的聲音。

雖然晴子是這樣的孩子，那天她卻帥到讓我目不轉睛。晴子示範的無疑是迴避霸凌的正確方式之一。態度自大的田岡大受打擊，再也無法嘲笑晴子的家人了，在那之後，田岡在班上的位置，用田岡自己的話來說，就是急速下墜到種姓制度的最底層。那是一定的，都中學一年級了，還在教室裡尿褲子，而且還是被比自己矮一大截的女孩子嚇的，實在遜到爆。

就算開始放暑假，我還是會頻頻想起那個景象，一個人暗自偷笑，像是寫功課的時候，或是泡在浴缸裡的時候。

還有，只限於這個暑假的打工——去送報的時候。

小孩想賺點錢還真難。我一升上中學，馬上開始查自己能做的打工，設法說服老師，要拿來當暑假自由研究的題材，或是累積社會經驗這種好像很了不起的理由也用過了，還慷慨激昂地表示過我想思考一下獨立自主，動之以情說我們是單親家庭，我想幫媽媽的忙。怕老師說會影響學業，期末考我還考到全學年第三名。

有勞動意願本來應該是值得讚許的，只因為是小孩，整件事就被否定，我無法接受。要取得短短不到四十天、每天勞動三小時的許可，必須先闖過各種難關，不過最終我贏了，所以現在才在這裡光明正大地努力工作。

我住的地方是離鬧區四站的無聊小鎮，社會科會學到的那種叫衛星市鎮的東西。開發住宅區、開始出現比較大的購物中心什麼的，人口變多，也不過是近十年多的事，在我出生之前似乎是個只有山跟稻田的標準鄉下。我負責送晚報的地區是這個小鎮的一角，可以俯瞰車站的南山手區，這裡有座有點高度的山，山腳下一排排房子像玉米一樣，我騎腳踏車穿梭其間，分送晚報。第一天晚上小腿肌肉腫脹到沒辦法睡覺，不過一個星期左右就習慣了。

「——你今天也很拚嘛。來，喝點東西再走。」

「謝謝。」

開始打工過了十天，可能一方面也因為中學生送報員很少見，很多人記住了我的長相，裡面又有一些人開始會算好時間，為我準備冰的飲料。

「你真是個了不起的孩子。我也跟我兒子他們講，這個時代很難找到這麼認真的孩子了。趁年輕體會一下勞動是好事。」

「哪裡，不好意思。」

大熱天用力踩著踏板，熱得滿身大汗，人家一番好意，有冷飲可以喝真的很感激，只是每次都被誇獎會很倒彈。透過這份打工，我發現有一定比例的人看到小孩從事勞動會很感動。大人當中，有些人認為小孩勞動不是好事，也有人認為是美事一樁，我覺得這真的可以當自由研究的題目，真是一舉兩得。

「什麼嘛，原來奶奶讚不絕口的中學送報員是啟太啊？」

在玄關猛灌冰茶的時候，我聽到熟悉的聲音，一看之下，我同學阿嚴站在走廊另一端。阿嚴跟我雖然從小學就同班，可是很少講話，我不知道這裡是阿嚴家。

「喔，好久不見。你看起來很好嘛，阿嚴。」

「你咧，臉超黑的。要說看起來很健康嗎？已經黑到有點噁了。」

阿嚴咯咯大笑，從他身後傳來遊戲的聲音，一陣陣沁涼的空氣流向我。阿嚴笑意沒消失，說，你們家沒錢到這種地步嗎？請我喝茶的阿嬤大聲責備他。我感到肚子深處有那麼一瞬間刺痛了一下，不過還是裝作沒事點點頭。是沒那麼寬裕，畢竟都靠我媽一個人的收入過活。

「暑假沒得放，還得工作，單親家庭真辛苦。」

「沒佔多少時間啊，而且也沒什麼辛苦的。」

阿嬤嘴裡發出小小聲的「天哪」，眼光從孫子移回我身上。看到那個眼神，我突然覺得厭煩，是我這輩子已經遇過無數次、我最討厭的那種。跟剛才看勤勞少年有一點像、卻有決定性不同的眼神。

我真的不懂大人，不就是單親嗎？為什麼光憑這一點就會憐憫人家呢？我成長得這麼健康，一看不就應該知道我一點都不可憐嗎？

阿嬤緊抓住我的手，語氣變得強硬。

「小孩這麼小就在工作，你媽是怎麼想的？學校的老師為什麼會答應？」

噢，要扯到那裡去喔？妳自己剛才說的話自己都不記得了嗎？

「我媽當然覺得對小孩太早，她很反對，是我自己硬說我想藉此成長的。我不覺得學習獨立自主有什麼太早太晚的，而且一方面我也是為了做暑假的自由研究，老師也認可了，說機會難得，要我好好增廣見聞。」

還好我為了爭取同意，之前擬定過策略，台詞脫口而出，說起來臉不紅氣不喘，可是阿嬤依然皺著眉，哼了一聲。

「太可憐了，人家教你這樣講的齁。」

剛才還在稱讚勞動之美，現在在她心目中已經轉為強制勞動，這轉變之快，讓我忍不住笑出來，內心想：妳不必同情我，妳應該把那個精力放在對妳孫子的教育上，因為他開口閉口都是偏見。不過，我又想：就是因為妳是這種人，才會教出阿嚴這樣的孫子吧。我瞥了阿嚴一眼，他臉上還是一貫的輕浮笑容。

「那，謝謝您的茶，我報還沒送完，先告辭了。阿嚴掰啦。」

我速速講完，走出玄關，外面熱到一點都不像傍晚，汗一湧而出，我坐上燙得像鐵板的腳踏車椅墊，阿嚴從後面喊著「欸，欸！」追上來。

「什麼事？阿嚴。」

「不是啦，那個，近松晴子！你也會去晴子她家嗎？」

出現意外的名字，我不假思索直接點點頭。阿嚴露出奸笑。

「真假？那個，我聽說晴子家現在不妙，現在咧？」

有點胖胖的阿嚴，明明剛才還待在涼爽的房間，現在鼻頭已經都是汗，看著那好像滲出油脂般的汗，我反問：什麼現在咧？田岡那件事，我聽說是兩邊都處罰嘛。

「不是啦，我是說烈子阿嬤啦，聽說她這邊壞掉了。」

阿嚴用右手拇指指著自己的太陽穴，我小聲說：腦袋嗎？他故作神祕地點點頭。

「聽說是上個月，她半夜大喊大叫到處遊蕩的樣子。」

「蛤？是所謂徘徊症狀嗎？」

「沒錯！聽說晴子跟她爸手忙腳亂把她接回家，她在那邊大鬧特鬧，超慘的，是不是很猛？烈子阿嬤一定是癡呆了，搞不好下次會拿鐮刀出來揮吧？」

阿嚴笑到一直吸氣：這就叫十一年前的惡夢重現，這次保證會變成離奇殺人事件。

「拜託，別這樣說，跟田岡一樣，很遜。而且被老師知道就麻煩了。」

他那彷彿會黏在耳朵裡刮不掉的笑聲，讓我非常煩躁。結業典禮那天學校才發通知單說禁止拿同學家庭狀況當笑話傳。

「哼哼。」阿嚴輕蔑地笑了一聲，說田岡很蠢。

「明明超弱，連愛哭鬼晴子他都打不過，還在那邊得意忘形。那傢伙現在好像連家門都不敢出咧。」

「我覺得田岡自作自受，是說，你真的不要講那種低能的話，不是跟你說很遜嗎？」

我連話都不想說了，用力踩腳踏板。阿嚴在後面怒吼：哪裡低能啊？開什麼玩笑！我當然沒再理他，心想少了一個水分補充站。

晴子的奶奶叫烈子婆婆，在我們小學稍有名氣，雖然是八十幾歲的老人，身高卻有一百七十公分，肩膀很寬，身材壯碩。她年輕時好像參加過國民運動大會，不知道是什麼項目，我猜是短跑。她的背好像貼著一把尺似的直挺挺，皮膚像照燒雞一樣油亮油亮，遠遠就能看到她全身散發異樣的氣場。烈子婆婆很溺愛唯一的孫女晴子，每天上下學時間一定會出現在校門口接送（烈子婆婆沒有駕照）。如果你有膽子找晴子麻煩或是惹她哭，她會氣到噴火，追著你跑，她跑起來那個速度，快到根本無法相信她是老人，從來沒人逃得掉，她會從後面揪住你的領子，罵到你哭為止，大家都怕她。

升上國中，烈子婆婆照樣接送，放學鐘聲響起的時候，烈子婆婆已經站在校門前了。我們上同一個小學的人都司空見慣，不過別的小學畢業的看在眼裡似乎很詭異，在那邊鬧來鬧去說過度保護啦、噁心啦什麼的，取笑晴子還緊緊巴著這個怪奶奶不放。

然後那些傢伙連沉澱在小鎮底部的陳年往事都挖了出來。

「聽說那個阿嬤殺人未遂耶，拿著鐮刀追著近松她媽跑，結果不是把人家趕走了嗎？這種人每天站在我們校門口，也太恐怖了吧？」

烈子婆婆十一年前犯了案，其實可能也稱不上犯案，不過總之我們這個純樸的鄉下小鎮，出動了三台警車、兩台救護車，十分騷動。事情的開端好像是婆媳紛爭，烈子婆婆拿著除草的鐮刀追著媳婦跑，說像妳這種人給我滾回娘家。兩人在鎮上當時唯一鬧區的商店街展開一場激烈精采的追逐戲碼，最後在前方車站看熱鬧的人群中被警察制伏。

後來烈子婆婆並沒有遭到逮捕，我想應該是有種種苦衷。只不過之後晴子的媽媽離開小鎮，再也沒有回來，而晴子則到現在還是跟烈子婆婆還有父親在這個鎮上生活。

都好久以前的事了，我們都還是小寶寶，班上一半的人根本還沒搬來鎮上，這件事新聞沒報，所以有些大人也不知道，可是現在每個國中生都知道近松家的風波，至少我們這年級的沒人不知道。

到處講這件事的是田岡，自以為是發現圖坦卡門之墓的霍華德．卡特，當然，他是其他學校畢業的，特別執著，硬是要把不過是站在校門口等孫女的老太太塑造成一個怪物的形象。

他熱衷的程度，彷彿認為找晴子麻煩是自己的義務。

欸，近松，妳也差不多一點，叫妳阿嬤不要再來了，看到那個老太婆很不舒服耶，妳瞭嗎？近松。

欸，近松，前幾天妳阿嬤來吼我耶，說什麼不要欺負晴子，我是為大家好才說的，妳搞不清楚狀況嗎？

田岡一接近，晴子總是閉上眼，低下頭，不管田岡說得多過火，她都既不肯定也不否定，不哭也不生氣，彷彿什麼都沒發生似的不回應。

跟小學時代一模一樣，這就是晴子平常的樣子，遇到討厭的事，晴子總是鑽進自己的殼裡，一直要到躲進校門前烈子婆婆身後，才會開始哭。烈子婆婆會用她壯碩的身體緊緊抱住晴子，接住所有聚積在殼裡的眼淚，然後代替晴子憤怒，憤怒跟眼淚的量成正比。這樣的景象，我看了很多年，已經是理所當然的日常。

所以那天晴子去揍田岡，我超驚訝的，同時，她面對一直停滯不前的問題，主動出擊、粉碎一切的樣子，也讓我深受感動，完全就像一種孵化，「原來妳也辦得到啊！」

不過回想起來，我不記得那天在校門口有烈子婆婆的身影，應該說，已經有一陣子沒看到烈子婆婆了。她是從什麼時候開始不在的呢？她早已跟風景融為一體，所以我沒注意到。

東想西想，不知不覺到了晴子家。她家是純日式建築物，有一道比我肩膀稍高的庭院門，門旁邊有郵箱，平常我都把報紙放進郵箱，不過從來沒看過近松家的人。本來我覺得只是湊巧都沒遇到而已，現在想會不會是出了什麼事，阿嚴說的事跟烈子婆婆站在校門前的樣子在我腦海中盤旋交錯。

我用掛在脖子上的毛巾擦了擦汗，抬頭看了看眼前的房子，猶豫要不要乾脆按個門鈴。可是我該說什麼呢？我跟晴子沒有熟到會到她家關心烈子婆婆的地步。

「啟太，你在幹嘛？」

突然有人出聲，嚇了我一跳。回頭一看是晴子，她穿著白T恤、牛仔裙，腳上是黃色涼鞋，一手提著超市的購物袋。

「到我家有事嗎？」

「啊，這個，晚報。」

我慌張遞出報紙，晴子用空著的手接下，一臉問號地歪了歪頭。

我只有暑假期間在打工送報，只有晚報啦，這一區是我負責的。要學校同意才行，超難的，最後靠死纏爛打才拿到許可。今年夏天要來賺一筆。一口氣講完，我馬上後悔講太多。

不過晴子一臉認真聽完，用力點了點頭。啟太你在游泳齁。

晴子自言自語，我覺得莫名其妙。游泳？怎麼會突然講到游泳的事去？我還沒來得及反問，晴子已經轉身。

「工作辛苦了，掰掰。」

晴子伸手開門。

「那個……晴子。」

從T恤袖口伸出的白皙的手，正要用力推門的瞬間，我忍不住開口了。晴子甩著她的娃娃頭回頭。

「還有事嗎？」

「烈子阿嬤，狀況不好嗎？」

我一問，她的表情瞬間消失，也不回應，就開門要進去。我抓住她的肩頭不讓她逃，又問了一次，晴子粗暴地甩掉我的手，小小的手打中我，發出啪的一聲。

「不要這樣，不關啟太的事吧！」

晴子大叫，然後突然察覺什麼似的，露出僵硬的表情。

「啊……對、對不……」

我望著痛得熱辣辣的手，然後笑了出來。

「哈哈，晴子妳超猛的，這陣子好像變了一個人。」

跟我認識的晴子完全不同，晴子沒辦法打人，也沒辦法大聲說話，「不准這樣！」更是絕對說不出口。

「是怎樣啦？晴子，妳現在超帥的，到底怎麼回事？」

叫人怎麼相信這跟躲在烈子婆婆身後才敢哭的晴子是同一個人？看著我在那邊咯咯笑，晴子露出不解的眼神。

「啟太，你不生氣嗎？」

「幹嘛生氣？這不是好事嗎？」

我靠在腳踏車上看著晴子，畏畏縮縮回看我的樣子還是跟以前一樣，可是內在顯然已經不同了。

「我覺得現在這樣絕對比較好，妳還記得五年級的每月目標嗎？清楚表達自己意見那個，現在的晴子要做到是游刃有餘啊。」

當時我們被規定每天至少要舉手三次，說出自己的意見。晴子完全無法達標，有一天放學前的班會被提出來討論。超過五十歲的女班導要大家討論讓晴子主動舉手發言的對策。

「你怎麼連這種事都記得？」

「事情鬧那麼大，要不記得也難吧。」

那天放學，晴子在校門前等著的烈子婆婆面前大哭，烈子婆婆直接殺去職員辦公室，怒吼：妳做的事不是教育，只會助長小孩霸凌。如果晴子因為今天的事開始拒絕上學，妳能負責嗎？妳有辦法讓她回到班上嗎？烈子婆婆咄咄逼人，讓班導說不出話來，最後越演越烈，連校長都出面了，班導後來一直都對晴子小心翼翼。

「啟太你記性也太好了吧。」

晴子雖然露出嫌惡的表情，不過也露齒一笑。

「別小看全學年第三名的腦袋。是說，烈子婆婆的狀況，還好嗎？」

我不屈不撓繼續追問，晴子傻眼，大大嘆了一口氣。

「我不想講，可以嗎？掰掰。」

晴子轉身背向我，我慌了。

「那個——呃，我現在超渴的，可以給我點喝的嗎？」

話講完，我才在想自己為什麼那麼想留住晴子，明明我也沒興趣打探別人家裡私事，而且我腳踏車飲料架上還有運動飲料，用這招叫住她遜斃了。

不過，晴子回過頭，先露出猶豫的表情，然後露出白牙，含蓄地笑了一下，難得一見的笑臉看起來有種新鮮感。

「輸給你了，進來吧，麥茶我還端得出來。」

晴子招呼我進了玄關，一種房子被整理得很好的獨特靜謐空氣瀰漫在空中，吸起來有點涼涼的，有晴子的味道。

「啊，哇……」

我的目光立刻被放在那邊迎接客人似的東西吸引住。

走廊盡頭放了一個大水族箱，大概有半個榻榻米大，鮮綠的水草茂盛，光線照射下呈現栗子色的魚優雅地游著，是有白色條紋的小魚。規則產生的氣泡發出噗嚕噗嚕的聲音，接觸到水面就破掉消失。

「我可以再近一點看嗎？」

我忍不住開口問，晴子點了點頭。連脫鞋的時間我都嫌長，迫不及待進到家中，配合視線高度蹲低，眼前展現了另一個不同世界的景象。

「請喝茶。」

我看得入迷，晴子端著托盤出現了，玻璃杯外側凝結無數極細的水珠，裡面倒了滿滿的麥茶，上面浮著很多冰塊。我一口氣灌下去，視線卻無法離開那片微型海洋。

「謝謝。這水族箱超酷的。」

「我奶奶的嗜好，她教了我很多，現在是我在照顧。」

真的假的？我本來希望烈子婆婆養個土佐犬[3]之類的。

「啟太你喜歡魚啊。」

「嗯，我也有養。」

雖然只是小金魚缸裡養了一隻鰷魚而已，我在自己腦海裡補上這一句。晴子只是短短地嗯了一聲，並沒有細問。

「這種魚叫什麼？很漂亮耶。」

晴子撫摸著水族箱。

「叫巧克力飛船魚，是熱帶魚。」

「是喔？好像很好吃的名字。」

「因為顏色像牛奶巧克力，名字應該是這樣來的吧。這種魚跟我很像。」

細細手指輕畫過玻璃，不經意看了一下，手背上有淡淡的瘀青。

---

3 日本土佐犬（Japanese Tosa）為行政院農業委員會明文規定六種危險性犬隻之一。

那是田岡那時候的？我這樣一說，晴子笑彎了眼，為了隱藏瘀青把手藏在身後。

「到最近都還腫腫的，我一直貼著消炎貼布，沒想到會這麼嚴重。」

「畢竟妳揍得那麼猛啊。」

那時候，可能是對毫無反應的晴子不耐煩了，田岡整個臉湊過去盯著晴子，結果晴子突然用盡力氣對著田岡的鼻梁痛毆，發出一聲悶響，瘦長的田岡整個人倒下，鼻血飛濺，好幾個女生發出尖叫，蓋過那些尖叫聲的是更尖銳的吶喊：「不准說我家人的壞話！」我想應該沒人在那個當下反應過來那是晴子的聲音。田岡被大量鼻血嚇到，發出呻吟聲，晴子踢開椅子站起身，跨坐在田岡身上，揮拳揍他的臉。「我才不會輸！我才不怕你！」一邊揍，晴子一邊紅著眼哭了起來，小小的拳頭不停揮落在田岡臉上，發出撞擊聲。

沒有人上前阻止，面對這個絲毫無法想像的狀況，大家都僵住了，這時候，有個旁觀者發出慘叫，滿臉是血的田岡一邊抽噎一邊尿褲子了。消光的亞麻仁油色地板上，微溫的液體逐漸擴散開來。

「是啟太來阻止我的對吧？說『夠了吧』。」

阻止晴子繼續揍下去的是我。抓住她的手腕時，可以感覺到痙攣似的顫抖，我的手掌到現在還記得那個感覺。

「晴子，妳那時候為什麼突然抓狂？」

我一問，晴子用看不出情緒的臉看著我，水族箱燈光映在她眼中，亮晶晶的，嘴唇慢慢動了起來。

「因為我覺得不這樣做會沒辦法活下去。」

以前我聽別人說過，晴子靜靜的講話方式，是烈子婆婆交代的，她說，越是重要的事，就越要在腦海裡多想幾次再放上舌尖。我心想，原來是因為奶奶要她重視說出口的話，晴子才一直謹記在心。那時候，晴子也事先在腦海裡斟酌要講的話嗎？還有，現在也是嗎？

我環視室內，寬廣的房子裡，除了我們兩個，感覺不到其他人存在。遠方傳來蟬鳴，不過，周遭就只有水族箱的馬達聲閒適地包圍著我們。

「烈子婆婆為什麼不在家？」

我四下找不到一絲絲從小就習慣的那種氣焰。

晴子輕嘆了一口氣。

「沒想到你會這麼想知道。那我也要問你一個問題。」

「什麼？」

「啟太，你變了，為什麼？」

晴子圓滾滾的眼睛直直從下方盯著我，眼睛比我想像得大，我看見她右眼下方有顆小小的痣。

「啟太你也跟以前不一樣了，你原本對周遭的事比較不在乎，而且也不是會積極說服老師們讓你打工的人吧。」

萬萬沒想到竟然會被反問，我睜大眼睛，還傻乎乎地張大了嘴。從來沒想過晴子是這樣看我的，我還以為她只活在自己的殼裡，不看外界。

「你開始打工的理由是什麼？」

晴子的聲音裡有種強悍，不夠巧妙的謊言會被她輕易識破。這真的是我認識的那個晴子的延長線嗎？我為之語塞。

不過晴子似乎不是認真打算要引出我的答案，我保持緘默，她也只有微微笑。

「茶喝完你就回去吧，我還得準備煮晚餐。」

說完她就轉身背對我，靜靜地要消失在房內時，又轉過身來，身後是向晚薄暮，她說：

「你告訴我你的理由，我就也告訴你。杯子放在那邊就好。」

這次她小小的背影真的消失了，杯子裡融化的冰塊往下掉，發出微微的聲音。

返校日從一早就下大雨。

雨滴狠狠打在地面上，飽含水氣的微溫空氣濕答答包覆肌膚，不透氣的制服襯衫黏在身上，提高了不適指數。氣象預報說這場雨大概會下到深夜，表示我必須在這種爛爆的天氣中送報，也太慘。

是說，這話題過去學長姐應該也談到不要談了吧，返校日到底為何存在？跟結業典禮幾乎一樣的說教內容，左耳進右耳出幾個小時，我無法從中找出任何意義。

我怕蹺掉不來，學校會取消我的打工許可，只好來學校，淋成落湯雞，但是隨著時間流逝，我的焦躁逐漸膨大，思索著該如何排遣。

黏答答的椅子桌子、徒然攪動凝重空氣的空調風都讓人不舒服，在那邊互相緊緊抓住對方雙手、開心說著好久不見什麼的女生也讓人很火大，妳剪瀏海啦？我胖了、妳瘦了喔什麼的，隨便啦。爸媽買手機給你什麼的，更是關我屁事。

煩躁的理由，其實我自己很清楚，我只是想不顧一切遷怒給所有人而已。

昨天晚上，我媽——小幸——哭了，我不小心看到她在哭。小幸大概以為我睡了，一個人在客廳對著幾張照片掉眼淚。窸窸窣窣吸著鼻水的小幸，旁邊堆了一大疊文件，是這半年來我跟小幸一直吵架的原因。

我靜靜從紙拉門縫間凝視這一切。

目擊這樣的畫面也不是第一次了，不過不管看了幾次，我還是無法習慣，總是受到很大的打擊。小幸露出平時絕對不讓我看到的表情，我被迫察覺我認識的小幸只不過是一小部分而已。我們母子一直以來相依為命，不牢靠的小幸，很多時候沒有我不行，所以我一直覺得任何事都可以靠自己辦到，但卻被迫面對現實——你也不過是個還靠不住的孩子。

如果我拉開紙門，問她怎麼了，小幸應該就會停止哭泣，可是那只不過是暫時的，有一個空缺，靠我是無法填補的，小幸會在我不在的時候，又流下新的眼淚，這樣一想，就覺得很難過。

隔著一扇薄薄的紙門，我無計可施，只能呆站在那裡。

「早啊，啟太！」

砰一聲，有人粗魯地往我背上一拍，嚇我一跳，回過神轉頭一看，好友洋平一臉好脾氣的笑容。皮膚白皙的洋平看著我的手臂，超級羨慕。

「才多久沒見，你晒黑看起來好結實，實際上也很壯，練出肌肉了？」

「才沒有，才半個月好嗎？」

「你超強的耶，啟太，等過完暑假一定全身都肌肉，酷斃了。」

洋平毫不吝嗇的讚美害我稍微嘴角失守，剛才盤據腦海的沉重情緒獲得舒緩，下沉到心底，沒多久就煙消雲散。

其實我有覺得自己變壯了，繼續騎腳踏車騎到夏天結束時，我的身體一定會有更大的變化，我暗自充滿期待。

無意間鼓舞了我的洋平，攤開剛出的電玩雜誌說：

「你看，有《戰鬥大師》的特輯，等你買了我們一定要一起玩。啟太應該有機會攻下關東排行榜冠軍，我也不會輸給你就是了。」

「喔……對啊，一個月的差距我馬上會追回來的。」

《戰鬥大師》——Battle Master——是一款競技格鬥遊戲，發行很多年了，還是有許多粉絲，活躍玩家依然在持續增加，是我很喜歡的遊戲，原本是機台遊戲，上個月終於移植到掌上型遊戲機，洋平在發售第一天就買了。

我對外宣稱我也是為了買這台才打工。

一提要打工，洋平那些好友就問我理由。為了社會歷練什麼的說法只適用於大人，這種俗氣的理由同學才不會相信，不過真正的理由更俗氣，我說不出口，只好說謊。

我安撫自己幾乎再度湧上的情緒，裝出若無其事的樣子和洋平聊起遊戲。

「新角色如何？好用嗎？」

「速度是很快，可是力量不夠，感覺就是要用連擊來攻，適合上級玩家。」

「真的假的？我不愛女角，不過想試試看。」

「早……早安。」

上方突然有人講話，抬頭一看，是晴子，表情生硬，臉都漲紅了，手緊緊捏著學校規定的斜背書包提手。我回：「早啊。」洋平也跟著對她打招呼，晴子鬆了一口氣，開始跟周遭其他人打招呼，教室懸浮飄忽的空氣變得有點不一樣。

有幾個人短暫回應她，晴子看起來滿足了，點點頭，坐到自己位子上去。

「近松，妳今天怎麼了？從來沒聽妳跟大家打過招呼耶。」

洋平看著在窗邊位子坐下的娃娃頭說。晴子從書包裡拿出包著粉紅色書套的文庫本開始閱讀。總是黏著烈子婆婆的晴子沒有稱得上朋友的朋友，盯著書看就是她的日常。

沒多久班導慢調斯理地進了教室，開始點名。

「田岡今天缺席啊？」

教室中央一帶空了一個座位。發生那種事，他是要怎麼來上學啦。不知道誰小小聲這樣說：那傢伙倒是大大方方地來了。我望向斜前方的晴子，面朝班導的側臉，嘴抿得緊緊的。

事情爆發在放學前短暫的班會時間，我正在跟洋平還有其他同學講話，洋平本來講了一些有的沒的在那邊笑，突然一臉嚴肅：欸，你們看，他用下巴指了指，有幾個女生圍著晴子。

「欸，近松，妳要回答啊？」

「我們只是建議妳，最好去跟田岡同學道個歉而已，不要意氣用事，頭抬起來嘛？」

班長松田用一種跟小朋友講話的語氣，裝模作樣地說：

「要是田岡之後都不敢來上學，妳也不好受，對吧？我們都會陪妳的，妳去跟他道歉，知道嗎？」

她們那個小團體平常根本也沒有跟田岡特別要好，用一種含笑卻讓人很不舒服的態度，強迫晴子接受她們不知道是善意還是惡意的建議。被一群身高較高的傢伙圍住，晴子看起來更小一隻了。

近松同學，畢竟妳的行為那麼過分，妳自己也知道吧？不處理的話妳在班上也會很尷尬喔，所以我們去說聲對不起，好嗎？

「女生真恐怖。」

竟然還能想出這種招數。洋平小聲說，我們都點頭。我最近覺得女生根本是一種謎樣生物。

「……我打他的這件事，已經在老師面前道歉過了。」

晴子依舊低著頭，發出細細的聲音，還沒講完，就被蓋過去：就跟妳說那樣還不夠啦！田岡現在沒來學校，妳應該懂了吧？近松同學，妳必須為自己做的事負責。

「我沒做錯，我不去。」

晴子抬起頭來，臉色蒼白，又說了一次我沒錯。是田岡同學嘲笑我的家人。

雖然在發抖，但晴子清楚地說出了自己的意見。

「田岡同學沒有責任嗎？如果是我不來學校了，田岡同學會來跟我道歉嗎？你們會叫他來跟我道歉嗎？」

女生都不講話，我看著她們，有點亢奮，那群女生的變化我無法理解，但晴子的變化很好懂，感覺很痛快。

「田岡同學應該沒有錯吧。」

最後，松田低聲回答。我很怕近松的奶奶，到處盯著人看，還會吼說要跟人打招呼，我覺得超討厭的。聽到十一年前的事，我心裡想說絕對不要惹到她，大家都是啊，妳懂嗎？只是因為她是女的，而且是老人家，才會允許她站在校門口，如果是個大男人有一樣的舉動，根本會叫警察來啊，所以田岡同學叫她不要來，一點都沒有錯，我覺得他應該是為了大家好，才鼓起勇氣說出來的。

這些話語冷酷地撞擊晴子。

「喔……那件事，對……不起……可是從六月左右她就沒來了……而且以後也不會來了。」

晴子痛苦地吐出這些話。

「那時候妳為什麼不跟田岡同學這樣說？這件事妳也應該跟田岡同學道歉才對。」

「不只是田岡同學，妳應該跟大家道歉！畢竟我們擔心害怕的幾十個日子並不會因此消失。」

即使遠遠地也可以發現晴子的眼眶漸漸紅了起來。

「妳們也夠了吧？妳們這樣讓人看了覺得很不舒服。」

我正想開口，洋平先出聲了。

「妳們沒有權力責備近松，對吧？啟太。」

我跟洋平的意見完全一致，點了點頭。

「我不覺得田岡講那些話是出自善意，而且，至少那是田岡跟晴子的問題，跟松田妳們無關吧。」

可是啟太同學，松田正要噘起嘴抱怨，突然傳來嘻、嘻、嘻的笑聲。

「啟太真的很喜歡晴子耶。」

一看之下，是阿嚴坐在講桌上，晃動著他肉肉的身體在那邊笑。

「阿嚴你什麼意思？」

「哪有什麼意思，之前啟太也袒護晴子不是嗎？現在也是，連女生之間的事他都要這樣插進來出鋒頭。」

他說話的方式有種充滿惡意的黏稠感，揮之不去，大概是想報復上次的事，有夠無聊，我真的很傻眼。

阿嚴的朋友開始鬧了起來：「原來他們是那種關係？」女生則是用撒嬌的語調尖叫「不會吧！」阿嚴誇張地聳肩搖頭。

「不是啦，你們很白痴耶。他們兩個都單親家庭啊，啟太從晴子身上可以感受到那種，應該說革命情感嗎？」

原本的尖聲怪叫開始奇妙扭曲，那些傢伙不知道該怎麼處理自己臉上嘲弄到一半的表情，其中幾個人慌忙裝出我最討厭的那種臉。

晴子低下頭，我感到腹部深處捲起一陣波濤，那個力道驅使我站起來，一股衝動即將噴發，我想痛扁那到處是脂肪的鬆弛身體、還有那張愚蠢的笑臉。

我正要撲上去，洋平抓住我的手腕，簡潔喊了聲「打工」，我忍了下來。

「是我先開口的，干啟太家什麼事？」

洋平回嘴，阿嚴依舊嬉皮笑臉，偷看我的臉，語氣言不由衷：是啦是啦，你說的都對——

看到他挑釁的視線，我捏緊拳頭，洋平用更大的力氣阻止我。

「……不要自以為是，拿我完全無可非議的地方當作弱點來攻擊。」

我拚命告訴自己動氣就輸了，深深吐一口氣，笑不出來也要笑給他看。

「你以為這樣會傷害到我就大錯特錯了。比起你被人家叫『肥豬』，我這點事哪算什麼？」

我一說出阿嚴介意的綽號，他肉嘟嘟的臉頰浮現紅暈，聽到幾個人小聲笑出來，我心想我贏了。

氣到發抖的阿嚴還沒開口，班導就進了教室，對著坐在講桌上的阿嚴罵了一聲，然後大聲說想回家的話快點坐到自己位子上，就這樣，整件事莫名其妙落幕，然後就放學了。

「啟太同學，呃，對不起……」

我在收拾東西準備回家，松田跟幾個女孩子過來，低頭囁嚅跟我道歉：

「我們無意讓你不愉快，真的。」

「啊，不會啦。」

我連事情起於松田她們這件事都忘了。

「對不起。阿嚴好過分，怎麼可以那樣說呢。」

「很明顯就是心懷惡意要傷害啟太同學，太可惡了！」

聽著她們憤慨的語氣，我很想笑。妳們對晴子做的事就沒有惡意嗎？我有那麼值得同情嗎？心裡雖然這樣想，不過我已經懶得講了，講也沒用。

我一邊應付她們一邊望向晴子，看到她一個人離開教室，我轉頭面對松田她們，吞下那句差點脫出口的「妳們不去跟晴子道歉嗎？」跟她們說沒事了，我也出去走廊。

也並不是有什麼話要跟她說，但我還是去了人擠人的出入口找晴子，結果沒有在花花綠綠的傘之間找到嬌小的她。

到了傍晚，雨勢增強，穿上雨衣要出門的時候，正好撞見下班回來的小幸。她應該不知道自己昨晚的樣子被我看到了，不過我還是覺得有點尷尬，我什麼都沒說就要走，小幸抓住我的袖子，大聲說對不起。

「我們和好吧，之前是我不知道怎麼回事，現在已經沒有那個念頭了。」

「……妳不是很堅持要去嗎？」

「所以說我不知道自己怎麼回事嘛。」

我在小學即將畢業的時候，發現小幸在考慮搬到大阪去住。我發現藏在壁櫃深處的袋子裡，塞滿了跟房仲公司索取來的資料還有徵才資訊什麼的。我問她怎麼回事，她說想去大阪生活看看。

大阪沒有我們認識的人，應該說我們母子原本就沒有任何能仰仗的親戚。

我們在這塊土地居住了很長一段時間，有認識的人可以幫助我們，小幸從小認識的朋友、還有公司有一位菲律賓阿嬤同事都很疼我，鄰居也都很親切，要丟下這一切去一個無親無故的地方，真不知道在想什麼。

「跟我爸有關嗎？是要跟他一起住的意思？」

我沒見過我爸，連知道他還活著都是前年年底的事，他好像留下一大筆錢又消失了，我想他可能從事不太妙的勾當。

除了要跟那個老爸一起生活，我想不出其他能讓小幸這樣做的理由。如果真的是這樣，我大概也只能贊成了，老爸來過的那陣子，小幸的變化超明顯的。

可是小幸的回答比我想像得還沒用。

「沒有要一起住，我根本不知道他在哪裡，只是有人說他好像在大阪……」

「蛤？就憑那麼不清不楚的消息，你就要連累我團團轉嗎？」

憤怒不斷湧上心頭，當我得知老爸的存在，最先感受到的情緒是不安，這個突然出現的存在帶給我的不是喜悅，而是恐懼，而小幸完全不懂，她也不懂我決定接納老爸這個男人的決心背後的心思。

「搞什麼啊?!妳未免也太不重視我的感受了吧?!」

一回神，我的咄咄逼人把她弄哭了，小幸邊掉眼淚，邊反覆道歉：我並不是沒有考慮到啟太，我只是還想見他而已，對不起，真的很抱歉。

「——老爸的事，妳已經不在乎了嗎？」

雖然知道這樣問很壞，還是問了。想起昨晚的事，我當然清楚不是這樣，果然，小幸的眼神動搖了。

「當然不是不在乎，可是，沒關係。」

「妳是不是要說是為了我才放棄的？」

我的聲音冷酷到自己都厭惡，小幸表情僵硬，可是我的嘴巴還是自己動了。

「昨天晚上、還有之前，妳都偷偷在那邊哭，以為我沒發現嗎？妳明明就想去，現在是要說為了我，妳會忍耐吧？」

「哪……我才沒有。」

「妳就像那時候一樣，哭著說想去老爸那邊就好了啊？如果妳的決心只不過是可以把責任推到我身上然後放棄的那種程度，一開始就不應該叫我跟妳搬去大阪！」

那雙睜大的眼睛，眼看著越來越紅，為了逃開那張臉，我飛奔出去。

滿心鬱悶，我死命踩著腳踏車，經過我身邊就濺我一身水的車、對我吼的狗、甚至連善意的一杯茶都讓我萌生殺意。

稍一鬆懈，一大堆事就佔滿我的大腦，我幾乎要狂吼出來了。阿嚴、他奶奶、松田、小幸，每個人都擅自浮現，讓我焦躁煩悶不已，我靠著反覆想像把籃子裡的報紙亂撒在路邊才好不容易撐過去。

「……啊，幹！」

我突然感到踏板空轉，接下來我就失去平衡了，重新站起來一看，落鏈了，配給的腳踏車原本對我來說就有點太大台，而且很舊。之前就覺得鏈條有點鬆，偏偏一定要在這種時候給我落鏈就對了。呈現落湯雞狀態的我，一邊修車，一邊詛咒全世界。這什麼爛世界，現在就給我毀滅，所有人都給我消失。雨水進到眼裡，視線一片模糊。

終於把鏈條裝回去的時候，雨衣的袖子跟兩隻手都被油弄得烏漆墨黑，長年的黑油很黏，還發出惡臭，我用掛在脖子上已經濕透的毛巾擦手，馬上留下黏稠的汙漬，沒東西好擦了，我彈了一下舌頭，眼前突然出現一條鬆軟的白毛巾。

「這給你用。」

抬頭一看，是撐著傘的晴子，她把毛巾用力伸到我面前。

「你用這條，那條已經不能用了吧？」
環視四周，晴子家就在幾十公尺前面，我竟然已經騎了這麼遠。
「謝……謝謝。可是會弄髒。」
「沒關係啦，拿去。」
晴子硬是把毛巾掛在我脖子上，然後說，到我家好了。
「最好是用肥皂洗一下臉跟手，你連臉頰都髒了。」
被她指出我自己都沒發現的髒汙，我覺得很不好意思，乖乖點頭。
我用玄關旁邊的水龍頭洗手洗臉，聽到晴子從屋內說：
「我倒了茶，洗好了請進來。」
用掛在脖子上的毛巾擦乾手臉，進去後，晴子坐在那邊等我，給了我倒在玻璃杯裡的麥茶。
雨衣滴著大滴大滴的水，我盡可能不要走太進去，伸長手接下茶。
晴子家沒變，空氣同樣沉穩靜謐，充滿清涼的感覺，幾乎讓人懷疑是不是只有這裡濕度不一樣，深呼吸後，不可思議地，我的心鎮靜下來。
「真是不好意思。」
不想讓她察覺我終於活過來了，我輕聲道歉。

「我想說報紙應該快送來了，一出去，就看到啟太同學。今天的事我想跟你道謝，所以在等你來。」

晴子不好意思地笑了笑，抓了抓臉頰。

「今天謝謝你，我那時候已經不知道什麼話該怎麼說了，你真的救了我，我很高興。」

「……沒有啦。我只是覺得很火大，是我自己想講的，要謝的話妳去謝謝洋平吧。」

洋平比我冷靜多了。

「啊，對，我也應該跟洋平同學謝謝。是說，雨下成這樣還得工作，真慘，很討厭吧。」

「早就知道也會遇到這種情況，還好啦。不可能總是晴天啊。」

哪好意思讓她知道我剛才從頭罵到尾。

是喔。晴子的回應很簡短。我背靠在玄關拉門上，望向外面，雨滴從屋簷邊緣落下，看來雨勢比剛才小了些，希望能維持到我送完剩下的報紙。

「你好了不起喔。」

細微的聲音把我的視線拉回屋內。跪坐在地上的晴子重重嘆了一口氣。

「真了不起。啟太你看清很多事齁？我的眼界太狹窄，做什麼都不順利。」

「妳說的是今天的事嗎？別在意了。我只是沒想到妳會回嘴，所以才會那樣講。錯在松田她們逼晴子道歉。」

晴子低下頭，微微搖了搖頭。

「我真的完全沒想到。大家會嚇到我，我完全沒想到我也嚇到了別人，奶奶沒有這樣教過我。」

玻璃杯裡的冰塊發出咯啷一聲。嗯……我稍微想了一下。

「這不是靠人家教的事，要自己用身體慢慢學會。被人家打會痛，可是我們自己也有一雙手，可以對別人做出一樣的事，應該是這種一連串的領悟吧。」

晴子抬起眼睛，微暗的玄關中，直直對著我。

「什麼時候察覺每個人都不一樣，一直都沒察覺才是問題。妳現在已經發現了，那就夠了，不是嗎？」

「啟太你好厲害……」

晴子聲音裡透出感嘆，我發現自己好像在說教，突然覺得很羞恥。我也沒說什麼大不了的話吧，應該說，這其實是從我媽那邊現學現賣而已。

「媽媽嗎？」

晴子把端茶來的托盤抱在胸前，喃喃說道。然後，「欸，啟太」她喊我。欸，啟太，你喜歡你媽嗎？

「幹嘛問這個？」

我想起出門前的小幸，覺得自己說得太過分了，明知小幸是考量到我才那樣說的，我卻沒有好好聽她說就責怪她。

晴子慢條斯理地說了起來。你知道那個傳聞吧，我奶奶拿著鐮刀把我媽趕出去的事。聽說是因為那時候我媽差點殺了我，她得了產後憂鬱症，說再也不想養育我了，奶奶發現她用力掐住我還很細的脖子，才把她趕出去的，聽說我媽說，根本不想要晴子。

超乎想像的內容，我只能默默地聽著，連應和都沒辦法，只有滴滴答答的雨聲和水族箱馬達聲，靜靜跪坐著。

我爸對我沒什麼興趣，聽說他本來就不擅長跟小孩相處，我身邊一直就只有奶奶，所以我不太懂所謂的父母，他們也沒有教過我任何事。啟太你是跟媽媽兩個人住對吧？欸，啟太，你喜歡你媽嗎？

我語塞了，我早就過了可以大方說喜歡父母的年紀，尤其現在，更是不想說出口，可是，晴子把一直沒跟人說的事說給我聽了，我想回應她，於是點了點頭。

……嗯，喜歡啊，畢竟我也只有小幸了，我非常感謝她在無親無故的情況下自己獨自養育我。

晴子稍稍睜大了眼睛，然後，第一次真正笑了。她左頰出現了一個小小的酒窩，我想一定沒錯。

啟太，你都叫你媽名字喔？

啊？對啊，她好像不想被喊媽媽的樣子，不過，並不是隨隨便便的怪人，她很正常。家裡很整潔、做的菜好吃、也很愛笑。我覺得像她這樣很好。

平常絕對不會說的話，自動從嘴裡流瀉出來，然後，連原本沒辦法跟任何人講的煩惱，都不小心說溜了嘴。

「我搞不好會搬到大阪去。」

「大阪？很遠耶。是你媽工作的關係嗎？」

「不是，好像是我行蹤不明的老爸可能在那裡，就只是這樣而已，而且我老爸是個不知道做什麼工作的傢伙。」

原本連對洋平都說不出口的話，現在說出來，感到胸口深處輕鬆多了，像是把壓在內心的鎮石吐出似的，我把半年以來的事講出來，心情逐漸輕鬆，我想，一直以來，我大概渴望一個傾訴的對象吧。晴子默默地幫我一起把那塊鎮石丟掉。

終於卸下重擔，我笑著說：很令人傻眼吧？那邊何止沒有可以依靠的人，連半個認識的人都沒有。就說，我們一直都是母子相依為命，也沒幾個錢，是打算怎麼過？可是她說想去見我爸，那個人真的什麼都沒在想，真是沒救了。

「可是你打算去，對吧？」

「蛤？」

我大吃一驚，看著晴子，晴子的酒窩又出現了。

「我知道你打工的理由了，是為了存錢去大阪吧？」

所謂攻其不備，就是指這種狀態吧，要怎樣才會從剛才的對話中導出這個答案？明明連小幸都沒發現。

妳怎麼知道的？我已無暇掩飾，直接問晴子，她一副理所當然的樣子說：聽你剛才講的就知道啦。

「你喜歡媽媽，所以想讓她實現心願，對吧？你想幫她，沒錯吧？」

「……什麼跟什麼啦。」

我喉頭一熱，幾乎沒辦法呼吸，為什麼可以講得一副了然於心的樣子？

「全都是你自己剛才告訴我的，不是嗎？啟太你真了不起，打算不管在哪裡都努力活下去。」

晴子溫柔微笑，我用力咬住嘴唇，不想讓晴子看到漲紅的臉，我把臉轉向院子。

「……很遜吧？妳可以叫我戀母狂。」

「你在說什麼啦，如果你這樣叫戀母狂，那我不就是重度的……嗯，戀祖母狂？不對，還是戀婆狂嗎？」

晴子發出搖晃鈴鐺似的聲音，那個極為溫柔的聲響很悅耳，我不禁笑了。還戀婆狂咧，妳自創的名詞超怪的。

「不然那個要叫什麼？啊，對不起，跟你講了這麼久，你再不走就糟了吧？」

一看手錶，比平時晚了一大截，雨再怎麼大，再不送去，搞不好會有人打電話到營業所抱怨，我說：哇，慘了！然後把杯子遞給晴子。

「我得走了，毛巾下次再還妳，謝謝。」

「啊，啟太，等一下。」

晴子叫住打算飛奔離去的我，回過頭，她問我明天晚上能不能出門。

「我想去一個地方，希望你陪我去。」

「去哪？」

「觀景公園。」

山上有個公園，有觀景台，可以俯瞰小鎮，小學遠足的時候上去過好幾次了。從晴子家出發的話，走路可能差不多一個小時左右吧。

「沒辦法嗎？如果明天晚上沒下雨的話再去就好。」

晴子的眼睛閃爍著不安。

「好啊，我可以。」

為什麼是觀景公園？的確那邊風景還蠻漂亮的，可是幹嘛要晚上去？而且要我陪是怎麼回事？一時之間我滿腦子問號，不過我還是堅定地點了頭。這些疑問明天再問就好了，此刻，我只覺得想再多跟晴子聊聊。晴子鬆了一口氣，小聲說謝謝，我跟她講好明天晚上八點會到她家門口，才終於離開。

第二天晚上，天氣好得令人不敢相信前一天雨下成那樣，我只跟小幸說我要跟朋友去觀測星象，就打算出門。

「等一下，啟太，那個……」

我跨上腳踏車，小幸追了出來。

「小心安全喔。」

「那個，小幸——」

她欲言又止，觀察我的表情。

「什……什麼？啟太。」

「大阪，如果妳想去，我可以一起去喔。」

順利說出口了。不過除此之外我也擠不出其他的話，沒看她反應我就騎走了。

昨天我打完工回到家，小幸關在自己房間沒出來。客廳的桌子上擺著蓋上保鮮膜的晚餐，去大阪的所有資料都被塞進了垃圾桶，每張都被揉得皺成一團。我沒加熱就把晚飯吃了，然後把所有資料都拿出來，一張張攤平、放在桌子上，才去睡覺。早上那些資料都不見了，不過我沒問，小幸也沒有說什麼。那些文件後來怎樣了呢？

一邊想著，我一邊騎上腳踏車前往晴子家，一到，晴子已經站在門口了，一副登山打扮，揹著一個大背包，不知道裡面裝的是什麼。我背上的斜背包裡只有毛巾、寶特瓶裝運動飲料還有錢包而已。

「走吧。啊，啟太，你把腳踏車停那邊，上坡不好騎，我們用走的吧。」

像是在幫我帶隊，晴子在我前面邁步前行。

晴子沒有說什麼，我也不知道要說什麼，一個不留意，就開始想小幸的事，我也不發一語往前走。

「這是我第一次跟同學一起出門。」

晴子突然開口，我想也是，晴子大概不會跟烈子婆婆以外的人一起去哪裡吧。

「這種時候該聊什麼啊？」

「很多啊，喜歡的劇啊，遊戲什麼的。」

「是喔。那我們來聊什麼？」

問我聊什麼，我不知道跟晴子有什麼交集，我也沒有跟女生親密聊天過，主要的話題也只有《戰鬥大師》。晴子一定連電子遊戲場都沒去過，跟她講《戰鬥大師》要如何制住對方讓他動彈不得什麼的，她也不會有興趣吧。不過，就聊吧，嗯。我在那邊喃喃自語，晴子沉默了，之後我們就演變成拿著手電筒默默前進的狀態，像是無言的行軍。

我們就在這種聊不起來的狀態下抵達了觀景公園，小鎮也沒什麼娛樂，可能閒著沒事幹的大人很多吧，停車場停了好幾台汽、機車，觀景台那邊很熱鬧。我以為我們也要去觀景台，晴子卻看也沒看一眼，走向通往更上面的小路。

「要去哪啊？」

雖然夜晚氣溫降下來了，畢竟還是八月，我已經滿頭大汗，帶來的寶特瓶也快空了，晴子也在喘，肩膀起起伏伏的。

「不是這裡嗎？晴子。」

「這上面有個祕密場所，我常來。」

晴子明明上氣不接下氣，卻比不知道目的地在哪裡的我，看起來更生龍活虎。

小路不好走，必須照著手電筒慢慢走，所以更容易累，氣喘吁吁爬了十分鐘左右，視野豁然開闊。

「到囉。」

那是一片原野，短草茂密，像地毯一樣。視野開闊的草原，天空彷彿伸手可及，星星清晰鮮明，可以眺望到比觀景台還遠的風景。

「哇噢，這什麼景點啊，超讚的！」

我克制不住自己的音量，明明在這個小鎮出生長大，觀景公園也不知道來幾次了，卻不知道有這樣一個地方。

「啟太，辛苦了。我們坐這邊吧。」

晴子從背包拿出野餐墊，動作熟練地鋪好，包包裡還變出兩個包在鋁箔紙裡的巨大飯糰跟大水壺，還有紙杯。

「晴子，妳居然揹了這些東西來。」

「對啊。來，請吃飯糰。」

坦白說，我肚子餓了，所以很高興。跟晴子並排坐下，邊欣賞眼前寬廣的風景邊吃飯糰。鹹鹹的飯糰還有點溫溫的，裡面包了甜甜的炒蛋，好吃。

「晴子，謝謝。這樣享受好奢侈喔。」

沒想到獨佔這片吸睛美景，邊吃著美味飯糰，竟會帶來如此滿足的感覺。

「而且我第一次吃包炒蛋的飯糰，這個我喜歡。」

「太好了。」

晴子的聲音開心地躍動。我跟你說，這個地點、還有飯糰的做法，都是奶奶告訴我的，這裡的夜空離星星最近這件事也是。

「……那個，烈子婆婆怎麼了？」

妳也該告訴我了吧？我問晴子，她落寞小聲吐出幾個字：

「她……在養護中心。」

「養護中心？為什麼？」

「……失智症。一年前就開始一點一點變化，後來越來越嚴重，我爸終於把她送進養護中心去了。」

晴子張大嘴咬飯糰，兩邊腮幫子鼓得像松鼠，嚼著飯糰的晴子，眼角閃著微光，我假裝沒看見，對著飯糰咬下去。

晴子慢慢把飯糰吞下，繼續說：

「聽說是很難進去、很多人想進去的養護中心，會好好照顧入住者到最後，我爸說，奶奶可以順利進去，運氣很好。」

我不知該說什麼，想起一直跟晴子一起回家的高大背影，大大的手總是牽著晴子小小的手。

「因為烈子婆婆不在了，所以晴子開始努力改變自己嗎？」

晴子頓了一下才點頭。

「好難喔，跟人往來也好、提出反對意見也好，我都不知道怎麼拿捏，第一次接觸的世界對我而言太嚴苛了。」

「第一次接觸？」

晴子伸出右手指向眼前，一大片夜景彷彿打翻了許許多多微小的光粒子，看著看著，覺得這個小鎮或許比我想像得要繁榮。

「現在很暗可能看不出來，其實這個小鎮形狀像個磨缽，對面的山跟我們這邊這座山以緩坡相連，小鎮在中間。那一帶光亮的集合體就是磨缽的底部。」

晴子說話的方式對耳朵很溫和，聽起來沒有雜音。嗯，我點了點頭，大致可以想像。

「奶奶說，這裡是稍微大了一點的水族箱，她說這個小鎮是水族箱。」

腦海中的磨缽，被放在我家玄關的金魚缸取代，金魚缸底部沉著色彩繽紛的彈珠，那些無數的光點看起來開始像是彈珠的光芒。

「然後啊，奶奶說她會當我的巧克力飛船魚。」

「是指口育魚嗎？」

晴子眼睛眨個不停，她很訝異我居然知道，我坦承是後來查的，因為想知道晴子跟巧克力飛船魚有何相似之處。維基百科寫說，這種魚父母會把幼魚含在嘴裡養育，避免外敵的威脅。我這樣回答，晴子點頭，一副很佩服的樣子，說原來就是這種個性讓你那麼聰明。

「我那時候心想：晴子從蛋裡孵化了，可是其實不太一樣，妳之前一直在烈子婆婆嘴裡啊。」

晴子笑了，臉頰上有個溫柔的小凹陷。

「奶奶一直保護我，讓我不受世界威脅，包括拋棄我的媽媽、嘲笑那個風波的人、一切的一切。」

晴子仰望星空，然後，用像在講古的口氣輕聲繼續：

「我會保護妳，讓妳在這個水族箱裡不會感到悲傷、不會感到痛苦。妳不必急，用妳自己的步調就好，在妳覺得自己能夠踏上旅程的那天來臨前，待在我嘴裡就好。」

啊，這一定是烈子婆婆的措詞，烈子婆婆應該對晴子不知說了多少遍，雖然這語氣不是我熟悉的烈子婆婆，但我覺得如此。

在此同時，我也想起到處怒罵小孩的烈子婆婆：誰敢把晴子弄哭，我不會放過你的！絕對不准給我欺負她！

「奶奶雖然失智了，還是在保護我喔。她會對著我大吼大叫說，晴子不會交給妳的，妳差點殺掉晴子，我死都不會原諒妳。不管我再怎麼跟她說我不是我媽，是晴子，她還是認不出來，真的很傻眼。」

晴子聲音有點哽咽。

「奶奶的愛，大概跟『一般』有點不一樣，我想也會有遭人指責的部分，可是，我多虧她的愛才幸福地活到現在，不管誰說什麼，我都很感激這份愛。」

不知道是被快哭出來的晴子感染了，還是腦海裡閃過其他人的面容，鼻腔深處一陣刺痛，為了壓住同時幾乎從喉嚨深處湧上的一股熱流，我把剩下的飯糰全部塞進嘴裡，一陣嗆咳，晴子馬上把紙杯遞給我。

「對……對不起，謝謝。」

嗆得難受，我眼眶都是淚。晴子裝傻：看你吃得這麼香，我很高興啊。

休息了一下，我們兩個躺了下來。無數的星星晶亮閃爍，我從裡面找出夏季大三角，指給晴子看，她用手指在空中畫著，說，跟課本一樣耶。

我們默默看了一陣子，晴子小聲說起話來。接下來，我要從奶奶的嘴巴裡出來，好好活下去。可是，啟太，好難喔，活下去好難啊。

對啊，很難喲，我也覺得很難。常常覺得很累，有些事很讓人火大，我總覺得這個世界變得越來越難生存，不過，這大概就是晴子說的出來外面的世界吧。

啊，對喔，就是這麼回事吧，啟太真厲害，不愧是在這個世界上游得很好的人。

是嗎？我覺得沒有很好喔。

我覺得有，在我眼裡，啟太很耀眼，如果啟太是忍受一切痛苦游著，我覺得我也得游出來。

晴子緩緩紡出的聲音，還有我的聲音，像一顆一顆的氣泡溶在夜空中，漸漸我陷入錯覺，彷彿自己是漂搖在水族箱裡的魚，感覺自己搖蕩在彈珠和水草間，望著湧現又消失的水泡。

「在這個水族箱對面還有更多水族箱對吧，何止是水族箱，還有池塘、河川和海洋，每次都心生恐懼，要怎麼活下去？我們必須在這個廣大的世界上泅泳。」

噗噗、噗噗。輕柔聲響的彼方，身上帶有條紋的栗色魚兒游了起來。魚兒在滿布星光的夜空迴旋一周，然後潛入星星繪出的三角形中，悠然而緩慢。

看了一陣子夜空，我們下山。回程感覺很快，大概是因為晴子津津有味地聽我聊遊戲吧。我說，晴子妳也玩玩看，我可以教妳怎麼操作，她笑道：有機會一定會的。

回到晴子家門前，我跨上腳踏車。

「那我回去了，妳也最好快點進去……嗯？妳家是不是沒人在？」

無心一瞥，近松家沒有一扇窗透出燈光。念國中的女兒外出未歸，我不覺得她爸是關燈睡覺了。

「為什麼？」

我視線回到晴子身上，問她，她聳了聳肩。

「我爸今天不會回來，他去找住在鄰縣的櫻子姨婆，是我奶奶的妹妹。」

「怎麼回事？」

「他沒辦法撫養我，在找人接手。」

我腦中一片空白，沒辦法撫養？接手？

我像個呆子嘴張開開，晴子繼續說：他去找自己的妹妹、連沒小孩的親戚都去問了，可是大家都不收養我，所以今天他去找姨婆。

「為，為什麼……？」

我不懂為什麼會演變成這樣，就算烈子婆婆不在了，現在是怎樣？親子兩個人一起過下去不就好了嗎？我家也是啊，就母子兩個人過活。

「啟太的媽媽跟我爸不一樣啊。我爸有個交往很久的女朋友，離過婚，好像沒有小孩，他已經講過很多次要跟那個人再婚，可是奶奶不答應，他還把對方帶回家裡過，結果奶奶說，你顧慮一下晴子，就把人家趕出去了。」

「那，現在這種情況，烈子婆婆也不會反對了吧，想再婚還是幹嘛都行，然後跟晴子一起過不就好了？」

「我爸說對方不願意，她說一定沒辦法跟奶奶養大的孩子和平相處，很過分吧？我爸竟然接受了。」

晴子嘿嘿笑了兩聲，又馬上收起笑容。

「我爸說，櫻子姨婆沒有家人，好像很高興。我大概會離開這個小鎮吧。」

太突然了。應該說，為什麼會演變成這樣？

「這件事，這樣子，妳接受嗎？」

「姨婆從以前就很疼我，她先生過世了，現在獨居，身體也還很好，她大概至少會照顧我五年，到高中畢業吧，我爸也說，經濟方面不會讓她費神。」

「不是那個問題！晴子妳難道就決定這樣去嗎？」

「奶奶已經沒辦法幫我了，我爸說沒辦法跟我過，所以我不是得做好心理準備，不管哪裡都得游過去嗎？所以……」

晴子抓住我的手腕，力氣大到我會痛，沒想到她的力氣那麼大。

「啟太，那時候你有說吧？晴子很棒。我可以的，對吧？」

抓住晴子的手、阻止她繼續揍田岡的時候，我的確說了，說夠了，晴子很棒。

那是烈子面對抱住自己大哭的孫女時常說的話。晴子，妳做到這樣不簡單。晴子，妳很棒。在校門口、當著大家的面，她總是大聲地這樣說。

「對，我有說，畢竟我認識以前軟弱的晴子啊。」

所以我說了如果烈子婆婆在場一定會說的話。

「現在我知道那時候妳是以拚死的決心跳出去的，也知道那是妳為了靠自己獨自活下去的一步。」

晴子的手跟那天一樣在發抖，我掰開她抓住我手腕的手，緊緊回握。

「從那個時候開始，妳就游得很好，強悍到我嚇到，然後笑出來。可是，妳真的要去嗎？妳真的要接受嗎？」

牽在手中，晴子的手小而靠不住，感覺我再用力一點就會捏碎了，可是她用比我更大的力氣回握。

「我不想，我很怕，可是我要改變自己的想法。看到啟太下定決心，即使離開這裡也要活下去的泳姿，我覺得我也可以。我也做得到，我可以游下去。」

「……可是，可是晴子，妳只有一個人啊。」

我有小幸，可是晴子……

從眼裡湧出大顆大顆的淚珠，晴子擦也不擦，對我說：所以，啟太，拜託，請你再誇我一次，誇我很棒，這樣我就會加油，我就會覺得一個人也可以撐下去……

回到家，小幸跑出來迎接我。

「你回來啦。」

「我回來了。」

尷尬打完招呼，小幸說，我們好好談談吧。嗯，我點頭，眼角餘光看到放在鞋櫃上的金魚缸。小小的鱂魚，游得很自在。

「出門的時候我也說過，妳想去大阪就去吧，我會跟著妳去。」

我搶在小幸開口前說。雖然妳可能覺得我還不夠可靠，我會成長，讓自己有能力扶持妳，所以妳可以再依賴我一點，我們不是母子嗎？會希望能彼此扶持吧。

「啟太……」

小幸用力吞了一口氣，然後靜靜擁抱我，溫柔且懷念的溫暖包覆住我，上一次她這樣做是什麼時候呢？不過，跟以前不同，現在小幸跟我身高已經幾乎沒有差距了，感覺好像她縮小了。

「謝謝，對不起。真的對不起，謝謝。」

小幸聲音帶淚。我從來都不覺得你不夠可靠。就是仗恃著啟太很堅強，我才這麼不爭氣的，我知道啟太會包容我，對不起，我是這種母親，謝謝你包容我。

這番話溫暖了我的心，我拍了拍她微微發抖的背。

「小幸就是小幸，這樣就好了。啊，不過，找不到老爸的話，就要放棄喔。」

「不是，我決定留在這裡了。」

小幸搖頭。

「這幾個月，我一直夢想著跟啟太的爸爸三個人一起生活，那是在這裡一定無法實現，可是即使離開這裡也無法實現的夢。」

「所以我說——能不能實現現在誰知道。我們就去試試看啊？」

我刻意裝出開朗的聲音，現在的我有信心，在哪裡我都過得下去。

可是小幸依舊把臉埋在我肩頭，還是搖頭。

阿龍知道我離開這裡就活不下去，所以才沒帶我走。這是我唯一能活下去的地方，我早就知道了，可是我很笨，想說搞不好我可以努力做到，明明知道這樣讓啟太很痛苦，我卻還是做了一場夢。

我呆呆地想：喔，我老爸叫阿龍啊。

我反芻小幸的話。

原來大人也會思考能不能活下去，為此所苦啊。那我跟晴子當然會覺得痛苦啊。如果大人也是在痛苦中泅泳，現實還真嚴苛，不過如果世界就是如此，那也沒辦法，之後也只能在掙扎中游下去。

「啟太，過去種種很抱歉，我再說一次，我們留在這裡吧。」

小幸的聲音裡似乎不再有遲疑。

「妳確定？後悔就來不及了，之後的變更恕不受理喔？」

為了讓她放心，我跟她開玩笑，小幸堅定地點點頭，然後說，其實阿龍叫我在這裡等他。

搞什麼啊。我噗嗤一聲，小幸也笑了出來。

盂蘭盆節過後，有天傍晚，我送報送到一半，下起雨來。看來是驟雨，遠處天空依舊是一大片藍天和積雨雲。

我蓋好籃子裡的報紙，停在倒店的麵包店屋簷下躲雨。

「啊啊可惡，快停啊。」

沒想到會下雨，也沒帶雨衣，我一邊用毛巾擦頭，一邊仰望天空。

「拜託快……點停吧。」

一台輕型卡車從我眼前駛過，無意間瞥了一眼，我吸了一口氣。載貨台上疊了一個似曾相識的大水族箱，裡面已經清空，轉眼就消失在霧灰色的彼端。

我心想：啊，她走了。

想起那個晚上兩人仰望的夜空，飛舞在夏季大三角之間的巧克力飛船魚。從奶奶嘴裡游出的小小魚兒，如今也游出這個水族箱，游向寬廣的世界。

「妳很棒，不簡單。」

輕輕脫口而出，不知道我的話能鼓勵她多久，只希望盡可能陪她久一些些。

「加油。」

希望第一次觸及的世界，對那隻魚溫柔慈悲，希望那是個容易生存的環境。我悄悄在內心輕訴著感傷的願望，從屋簷下飛奔而出。

雨就要停了。

穿梭波間
的
黃緞帶

男友死了。在寒冬中難得的溫暖午後，他像去散步一樣，什麼都沒帶就出門了，然後，在一個鄉下小鎮被奔向海邊的快速列車輾過。

同住的我接到聯絡，趕過去時他的身體已化作非常細碎的肉片，被裝在銀色的袋子裡。他塊頭很大，對他而言那個袋子看起來並不夠大，膨脹成奇妙的形狀。不過幾小時前我們才面對面一起吃飯，他怎麼可能毫無預兆地就變成這種東西？在嗆人的腥味中，我突破警察的制止，撲上去抱住的那塊東西涼涼的，是一種未知的觸感，同時無法相信發自他身上、一種沼澤泡泡彈破的聲音，搖撼著我的鼓膜，我記得當五感拒絕接受這一切時，自己尖聲大叫，但也可能是我記錯了，像是覆蓋了一層紗幕，我只剩下模糊的記憶。

男友是自殺，他在遺書裡寫了很多話給父母、朋友，但沒有留下隻字片語給我。沒有對不起、沒有再見，更別說我愛妳。

沙世，我出去一下就回來。我只記得這句話，還有逆光中他深綠連帽外套的背影，之後的事就不記得了。感覺他又說了什麼，我好像有回答，但不是很確定，因為手上的小說正讀到精采之處，我深陷其中，稍微抬起頭時，不記得是說了路上小心、還是揮了揮手。

「啊，嗯。」

月光透過窗簾縫隙射進來，照亮了月曆，我呆呆望著，突然聽到聲音。啊，嗯。我回過神：說不定我就是這樣回答他的，不過記憶的水底終究絲毫不受影響，一動不動。

我輕吐一口氣，心想大概永遠也想不起來了，三年來我一直如此撈捕記憶深處，卻什麼也抓不到。

身後突然感覺到有人在動，我緊張了一下，完全忘了現在房間裡還有一個人在。

「妳還沒睡著嗎？環姐？」

我壓低音量問，剛才道晚安、關燈到現在，已經過蠻久了，等了一下，聽見微弱鼾聲，我放鬆緊繃的身體。剛才的喃喃聲應該是說夢話。

我慢慢轉過身，往下看。我睡在床上，比她高個三十公分左右。眼睛習慣了微暗，我可以清楚看見這位女性的臉，棉被蓋到肩膀，睡得很熟。

我記得她好像三十八歲，完全看不出比我大十歲的那張臉顯得天真無邪。醒著的時候，開口說話感覺也很年輕，在太陽光下往往會跑出來自我主張的法令紋和小細紋，此刻都消失無蹤，看起來像個少女。塗上顏色鮮明眼影和水潤唇彩的臉的確很美，不過我覺得現在這樣更有魅力。

看了一陣她的睡臉後，我蓋好棉被閉上眼，她規則的鼻息引我入眠。

我工作的餐飲店叫「藍緞帶簡餐」，位於車站前延伸出商店街的外緣，已經開了十四年了。這棟紅磚砌成的建築物原本是舊書店，密布的爬牆虎象徵著經過的漫長歲月。凸窗鑲嵌著黑鏽色窗花格，放了一個木造黃蛇的擺設和一盆五葉地錦盆栽。光這樣已足夠充滿鄉愁氛圍，招牌又很可愛。在整塊榆樹原木上優美刻著浪漫明體的「藍緞帶」，激發少女心、令人無從抗拒，彷彿高橋真琴筆下華美的少女漫畫世界。

去年好像不知道哪裡的當紅部落客在一篇名為〈帶你重回昭和時代的店〉的文章中提到我們這間店，來了許多客人，心意值得感謝，不過其實我們很困擾。他（也可能是她）不知道為什麼只逕自拍下店的外觀，更別說根本沒取得我們的同意就刊登，引來了不必要的騷動。我想對方如果有踏進店內，就不會把我們寫進什麼部落格，就算要寫，一定也會寫兩句提醒大家的話才對。

「店主看來背後有點故事，光臨時請做好心理準備」之類的。

藍緞帶開始營業是早上九點，我每天八點來上班，顧店的就只有我跟店主芙美姐而已，我們兩個會分工進行開店的準備。芙美姐在廚房負責備菜，我則負責店內清掃、給店前一排盆栽澆水等雜務。兩個人都會在開店二十分鐘前完成所有準備，然後一方面也兼顧今日午餐的試吃，一起吃稍晚的早餐，包括餐後喝咖啡，都是一整套的日課，芙美姐沖的咖啡總是維持同樣的味道，很好喝。在準備好迎接客人的安靜店內悠閒喝上一杯，就會覺得今天也就此正式揭幕。

不過這幾天稍稍有點不同，因為多了一個人。

「人家今天想吃和式早餐的，而且我討厭培根。」

「妳這女人有夠囉嗦，不想吃就不要吃，沙世，把這傢伙的盤子撤下去。」

「我要吃。我也算是有教養的人，端出來的我會好好吃完。」

「妳受的教養告訴妳可以抱怨就對了？妳爸媽的教育真是漏洞百出啊。」

「啊，你這個法式清湯調味太重了吧？很鹹耶。」

「天哪真的假的，還好吧？拿來我喝喝看。」

「欸你幹嘛啦，不要拿我這盤去嚐味道啦。」

所謂的吵雜，指的大概就是這種情況吧。我一邊看著在我面前來來去去的盤子、還有一臉認真開始爭吵的兩個人，一邊咬著奶油滲進深處的烤吐司。

跟芙美姐唇槍舌戰的是環姐，芙美姐在開藍緞帶之前是個一般上班族，據說環姐跟芙美姐當時在同一家公司工作，環姐畢業後進公司，只待了一年左右，芙美姐比她早三年，然後跟她差不多同時期離職，所以一起在公司的時間很短，而且離職後彼此完全沒有聯繫。

是聽過人家說，人與人之間重要的不是長度而是密度，不過看著這兩個人，我覺得臉皮厚可能比什麼都重要，他們對彼此毫無顧忌，吵死人了。

「我受不了了，想好好吃個飯都沒辦法，你控制一下好嗎？重史！」

「不要這樣叫我，我的名字是芙美，戶籍上都正式改了。」
「四十多歲的粗魯大叔，取那什麼好聽的名字啊？」
「哼，吵死了。妳自己還不是個妝比城牆厚的老女人。」
「聽聽你講的什麼話！重史，你自己何止城牆厚，根本到了特殊化妝的境界了，有資格說我嗎?!」
「啊，又給我用那個名字，妳再喊一次，我就把妳趕出去，沒在開玩笑的。」
真的很吵。

芙美姐是「女蛹」。「女蛹」據說是指男人轉變成女人途中階段的人，據芙美姐說，「女蛹」不用動手術改造肉體、也不必更改戶籍，時間到了，自然會變成「女人」。我實在聽不懂，不過再怎麼善意詮釋，還是充滿靈性世界的感覺，我沒有加以深究。雖然是這樣的「女蛹」，不過，我想在其他人眼中，應該會被分類為接近男扮女裝或男大姐。芙美姐完全就是男扮女裝，而且還是濃妝豔抹引人注目的那種。

短髮到髮根都澈底染成金色，總是綁著蕾絲編織的藍色髮帶，睫毛接得像蜈蚣腳，眼影最愛用有亮粉的藍色，粉底和腮紅都拍得扎實，鮮紅的口紅塗得像安潔莉娜·裘莉那樣豐厚，然後，總是像註冊商標一樣穿著黃衣，幾乎讓人覺得他沒有賦予黃色以外的衣服排進他衣櫃的權利，總之一定是穿黃色。他今天穿的是檸檬黃的襯衫式洋裝搭黑色踩腳緊身褲。

他身高大約一百七，肩膀很寬，蠻有肌肉的，要是穿無袖，圓木般的手臂會強烈對外自我主張，不容忽視。而且皮膚黑，毛又多。

這個人用「異質」來形容再貼切不過，事先毫不知情的客人，進來後多半會嚇到往後仰，然後飛奔出去。這間店可能讓人想像會有個時尚瀟灑的店長吧，甚至有高中女生尖叫哭了起來。我每次都在想，如果有人問我什麼是「女蛹」，我要回答：不是妖怪百科全書裡有出現的一種生物嗎？可惜到現在為止還沒人問過我。

「他那個樣子真的對心臟不好，有沒有？看到他的瞬間，我還以為自己不小心進了鬼屋。」

環姐一邊吃著滴了一點點千島醬的沙拉邊說：

「原本以為高橋經理會出來迎接我，結果出現的是個怪物。」

「環姐整個臉都發青了。」

「都要怪重……這傢伙，我壽命保證縮短了。」

環姐出現在進入十一月後第一個星期一——四天前的下午，午餐時間已過，客人都走光了，我們兩個在輪流休息的時候。我坐在吧檯吃炒麵，背後門上的牛鈴響了起來，咻～地一聲，冷風灌進來。我反射性回頭，一位穿著茶色長外套的美女站在那裡。看起來三十出頭，化妝濃了一點，但並不俗氣，揹著大大波士頓包，手裡拿著一張紙的她，一臉嚴肅，卻也露出好奇的眼光環視了店內一周。我心想，難得這樣的鄉下小鎮會出現觀光客，同時又同情她怎麼會這麼不幸，進了這家店。我跟她視線對上，說了聲歡迎光臨，然後告訴在裡面洗餐具的芙美姐有客人。

「我馬上端水來，請坐，喜歡坐哪裡都可以。」

「呃，這裡是高橋的店嗎？我是來找他的。」

她說的姓我沒印象，歪了歪頭，正要說店主是芙美姐，想起：啊，這麼一說，好像是姓高橋，平時都喊名字，剛才一下子突然想不起來。

「高橋是我，誰啊？」芙美姐慢調斯理地一出現，這位女性小聲尖叫了一下，原本就大的眼睛圓睜到極限，然後眨個不停：

「你、你是以前佐伯科技的高橋先……生……嗎？我是環，本來在櫃檯的……結婚前姓遠藤，遠藤環。」

現在換芙美姐表情僵住，上下打量後，視線停在她手上，喃喃道：明信片。

「對，就是這個。是你寄給我的吧？所以我循著地址找來了。」

環姐畏畏縮縮地伸出手上的紙片，可能懷有戒心，並沒有走近，芙美姐也在原地不動，所以變成正好站在兩人之間的我接下，交給芙美姐。那是一張舊明信片，上面有藍緞帶的外觀照片，建築物看起來比現在新，照片本身已褪色。振筆疾書寫著：「公司我辭掉了，跟朋友開了一間店。我會一直等妳來。重史」

芙美姐緩緩將視線轉移到明信片上，慢慢說：「……是我寄的。」

「沒錯，辭掉工作，開這間店的時候寄給妳的，不過我以為妳不會來了，畢竟都過了這麼久。」

「天哪……所以，你真的是那個高橋？」

環姐臉早已失去血色，膝蓋微微發抖，芙美姐一抬頭看她，她明顯地抖了一下。

「對啊，我是原本佐伯科技會計部的高橋重史，所以環小姐，事到如今，妳到底來幹嘛？」

聽起來有點冷漠的這個問題，讓環姐緊抿雙唇，稍顯動搖的目光中有一絲若隱若現的遲疑，不過她馬上開口：

「當然……是來請你實現諾言的啊，你不是說，我可以許一個願，你一定會幫我實現嗎？」

芙美姐點頭。嗯，我還記得啊，所以妳是來許願的嗎？環姐堅定點頭，手撫著下腹部。

「我懷孕了，我先生、也就是孩子的爸，離家出走去情婦那邊了，只剩我一個人，所以，請你照顧我。」

芙美姐的兩隻蜈蚣搖著牠們的腳，鮮紅的唇張得大大的。

「──好了，碗都洗好了。」

抱怨連連中還是很有教養地把早餐吃光的環姐，洗完碗盤，聽起來很滿足。飯後洗三人份的碗盤就是分派給環姐的工作，因為芙美姐說，照顧妳是可以，不過沒辦法給不工作的人飯吃，所以至少員工餐的碗盤妳來洗。環姐乖乖聽話。

「那，等午餐時間你們忙完，我再來吃午飯，兩位好好努力工作吧。」

環姐穿上外套、圍上圍巾，揮揮手出了店，慢慢走在葉子掉光的行道樹下回去了。

結果環姐在我獨居的房間住下，距離咖啡店走路十分鐘左右。芙美姐自己住在咖啡店的二樓，明明有空房間，芙美姐卻拒絕跟環姐一起生活。話雖如此，也沒辦法馬上租到房子，環姐又不願意住旅館，我主動提出如果不嫌棄只有一個房間的話，來我家吧。環姐說好，芙美姐說那他會分擔我一半的房租。

「這女人臉皮真厚，居然真的覺得洗個碗我們就可以這樣收留她！」

芙美姐一邊炒飯一邊不爽地說。這間店看起來很時尚，菜單卻很土。推薦的菜單是味噌滷大腸、炒麵、味噌燒鯖魚，甜點是白玉湯圓跟放了橘子的牛奶寒天凍（很好吃就是了）。

「不是啊，任性又漂亮的女人多好，尤其是像她那種一看就很倔的，很合我胃口。」

常客阿保爺爺臉上都是笑意。別看藍緞帶這樣子，固定的客人很多，生意還算不錯。當中又屬單身的阿保爺爺堅稱這裡是他家廚房，幾乎每天都來，所以他比誰都先知道環姐的事。

「真羨慕芙美啊，那個外表，還是有美人追過來。」

阿保爺爺並不知道環姐已婚而且有身孕，他只知道是舊識突然來投靠。

「被女人追求有什麼好開心的，更何況，哪有瘋子會追著這張臉跑啦。」

芙美姐像狼嚎般豪邁大笑。芙美姐嗓音很粗，像午後雷陣雨的雷聲，直撼丹田。

「她是鼻子靈，知道誰會保護自己、該投靠誰，不過如此。」

「是嗎？照你這樣講，那就是你以前迷戀她，對吧？」

阿保爺爺也是，在一旁邊擦拭銀器邊聽的我也是，我們都以為會聽到的回答是：不是啦，我們是所謂的友情啦，可是，原本很有節奏甩著的平底鍋突然停住，沉默降臨。我跟阿保爺爺彼此對看，用眼睛交談：該不會說中了吧？

「咦？喔，是這樣啊。原來芙美也曾經是一般的男人啊。」

平底鍋又響起甩鍋聲，阿保爺爺想了一下，然後說這樣啊，這樣很好嘛，慈祥地瞇起滿布皺紋的雙眼。我擦著叉子柄，望向那寬闊的背影，有點驚訝，或許是因為我只認識變成「女蛹」的芙美姐，無法想像芙美姐曾經有像一般男人一樣喜歡女性的時期。明明就像阿保爺爺說的，就算曾有身為「男人」的時代一點也不奇怪。我呆呆地想，不知道以前兩人之間有過什麼樣的對話。

除了午休之外，我傍晚還可以休息一小時，平時我會回房間把晾著的衣服收進屋裡或是去買買東西，下雨的話有時候會在二樓空房間小睡一下。今天要外出帶環姐去後車站的圖書館，她說想去但不知道在哪裡。

「這個小鎮真是寂寥。」

並肩走在商店街，環姐嘆了一口氣。她說之前一直都住在方便的市中心，在這個什麼都沒有的小鎮不知道要怎麼消磨時間。

「說閑靜很好聽，不過我實在不喜歡這種地方。好歹也再熱鬧一點吧，沙世住在這裡很久了嗎？」

「大概三年。」

之所以專程移居到這個小鎮來，是因為男友是在這前面的車站月台被輾死的。警察跟認識的人都猜他應該是在尋找自殺場所，偶然來到這裡而已，可是我想會不會有留下什麼蛛絲馬跡，所以就來了。當然並沒有發現什麼，有時會想，繼續留在他消失的地方有意義嗎？

「是喔？這麼無聊的小鎮，妳居然不會膩。」

「習慣的話是個平靜的好地方喔。不過這一帶再有點活力可能比較好。」

據說很久以前，因為附近開了一間大型購物中心，這條商店街受到很大的衝擊。我來到這裡的時候已經是一條到處都是生鏽鐵捲門的沒落地區，不過，芙美姐說藍緞帶剛開的時候人潮還很多，滿熱鬧的，他還說當時藍緞帶也常有人排隊，現在聽來覺得很難相信。

「真的嗎？客人看到他竟然沒逃走。」

環姐噗嗤笑出來。

「啊，也對，當時他還不是打扮成那樣吧。」

「沒有喔，我聽常客說，他從開店的時候就是那副醒目的造型了。」

「……開店的時候就那樣了嗎？我記得他應該在辭掉工作差不多一年後就開店了吧。」

「環姐都收到明信片了，應該比我清楚吧。啊，環姐妳喜歡米果嗎？那邊的『磐田米果』手工米果，很～好吃喔。」

就一位磐田阿嬤自己經營的米果老店，醬油粗糖米果天下一絕，還接受過幾次電視採訪，是這條商店街的有名招牌店。我沒等環姐回答，就進去買了兩片，我跟阿嬤說我們要馬上吃，她就用懷紙包起來遞給我。

「來，環姐，這片給妳。就邊走邊吃吧。」

出店的時候我已經咬下去了，一片拿給環姐。口感酥脆、鹹中帶甜，這份美味讓我笑逐顏開，可是環姐卻只是默默拿著米果。

「啊，妳不喜歡嗎？不好意思，強迫推銷給妳。」

「嗯？啊，不是，沒有啦。謝謝，我吃。」

環姐回過神來，吃起米果，但果然看起來沒有很喜歡，默默咀嚼，一臉不開心的表情，然後看著我的臉說，那個，剛才那件事。

「他那個裝扮，為什麼咖啡店生意會好？以前對少數族群比現在更嚴苛吧？一個不小心，店不就倒了？」

啪，我再咬一口米果，然後忍不住笑了。

「的確會好奇齁。其實啊，聽說他那時候很少出來外場，只負責做菜，所以他那個裝扮客人不會看到。」

「是喔？可是外場呢？有僱人嗎？」

「聽說芙美姐是跟朋友一起經營，朋友負責外場，芙美姐負責廚房，完全分工。」

「啊，的確他好像有寫是跟朋友一起開的……那，那個朋友呢？怎麼都沒看到人？」

「聽說發展方向性不合，拆夥了。」

之前聽芙美姐這樣說，我忍不住笑出來，說又不是玩票性質的樂團，我以為環姐也會笑，沒想到她的表情依舊嚴肅，盯著我，一副等著我說下去的樣子，我聳聳肩繼續：

「芙美姐總是含混帶過，所以真正的理由我也不知道，不過我猜那個朋友應該是她的情人，然後不知道為什麼被芙美姐甩了。我覺得其實芙美姐心裡還有他，因為她現在也還會說，我現在還活著要感謝那傢伙。」

芙美姐一喝醉就會哭著這樣說，那傢伙是個好人，為什麼就這樣走了呢？妳說說看。

「……嗯，情人。不知道是怎樣的人。男的嗎？」

「對，聽說認識的人都說他是好人，要跟芙美姐那種人相處，妳不覺得一定是超級成熟懂事的人，否則應該沒辦法嗎？」

環姐默默咬著米果，完全陷入沉默，看起來很不高興，我開始想我是不是說錯了什麼，我們就這樣互不交談，走過冷清的商店街。腳邊捲起了冰冷的旋風，枯葉飛舞，我稍微發抖，瞥了身邊一眼，環姐在用左手摩擦右手，白皙手背前端是纖長的手指，只有無名指根部，像是被看不見的戒指勒緊般有一道凹痕。

走到接近車站時，環姐終於開口了。

「人都是這樣的，從來就不可能長久。」

像是突發的自言自語，我不覺得是在跟我說話，我傻愣愣地說嗯？環姐看也不看我，繼續說：

「即使是承諾過的事，大家都會輕易丟棄啦。」

吐出這句話，環姐把懷紙揉成皺皺的一團，我不知道發生了什麼事，只能呆若木雞地看著她，唉，環姐大大嘆了一口氣，看著身旁的我，趕緊擺出笑臉。

「對不起對不起，我剛才在發呆。啊，已經到車站前了啊。」她掩飾般地刻意四下看了看，然後說：

「我看到圖書館招牌了，朝著那邊走就行了吧。沙世，謝謝妳，陪我到這邊就好了，還有，謝謝妳的米果。」

環姐對我裝出笑咪咪的表情，然後就快步離開了，我目送她到看不見背影為止，一邊撿拾她剛才吐出來的話語。

「輕易丟棄……嗎……」

我被男友丟棄了嗎？男友是丟棄了對我的愛，然後赴死的嗎？我仰望眼前的車站半晌，才循著來路踏上歸途。

環姐來這裡第十天的晚上，芙美姐鄭重表示有話要說。

「環小姐，我想妳差不多也習慣這裡了，所以我們好好談一下吧。」

咖啡店營業到晚上七點，收拾好之後，我們三個人在角落的座位吃晚餐。喝著剩下的豬肉味噌湯的環姐問：談什麼？

「還說談什麼，妳身上發生了什麼事、還有今後的打算啊。我們連妳懷孕幾周都不知道，請妳照順序好好說明一下。」

「我為什麼要說？」

環姐講話的時候沒看芙美姐，語氣中有種豁出去的感覺。芙美姐皺起眉，不過說話還是很有禮貌。

「我在照顧妳，所以我認為我有權利問最低限度的事，而且，我總不能任妳一直待在沙世那邊。」

「芙美姐，我這邊還好啦。」

「我知道沙世會說還好，但不能因為這樣就吃定妳，環小姐，說吧。」

環姐用筷子夾起黏在湯碗邊的一片香菇，送到嘴裡，慢慢咀嚼，然後瞥了桌子正對面的芙美姐一眼。
「……你是不是想說快滾吧？」
「並不是，我想說的是，我們要討論接下來的事，好好規劃一下。」
「跟你還有什麼好規劃的？」
「很多啊，妳幹嘛這樣講話？」
氣氛越來越不對勁，坐在環姐旁邊的我，猶豫著該不該插嘴，只能不知所措交互看著他們兩人。
環姐出現後，原本相處得還不錯，現在要出問題了，不對，從那天傍晚，環姐看起來就一直很不高興，或許現在的問題遲早會發生，不過我不知道到底導火線是什麼。
「我只說要你照顧我，沒說你可以插手管我的事吧。」
「妳覺得天下有這麼方便的事嗎？妳這個人會不會太過分了?!」
雷聲隆隆，芙美姐兩隻手用力拍在桌子上，桌子晃得很厲害，餐具發出撞擊聲，裝著檸檬水的杯子倒掉了，在桌布上越滲越大，我慌張地拿抹布來擦的時候，他們兩個人一直怒目相視。
切斷緊繃在空氣中的那條線的是環姐，右眼溢出淚水，慢慢滑過臉頰，在下顎化作水滴，落在她一直拿在手上的湯碗裡，沒有發出水聲。

「……怎樣啦？需要哭嗎？」

「你是不是不遵守承諾了？」

「不是遵不遵守的問題吧，我要說的是，總不能因為承諾了，就可以閉嘴接受任何事？這點道理，妳也應該懂吧？」

芙美姐試圖把語氣放柔，環姐放下碗，低著頭搖晃，說，不對，不對。

「不是這樣，這不是我認識的高橋先生，我想來投靠的，不是這樣的人。」

壓抑住情緒的聲音聽起來平靜，但清楚地在發抖，芙美姐吸了一口氣，陽剛的手在桌子上捏成硬硬的拳頭。

「妳對我有什麼期待？」

「不必了。」

環姐站起來，把湯碗丟向芙美姐，碗裡剩下的湯潑到他臉上。

「妝也花了、鬍子也長出來了，你醜斃了，你已經變成一個妖怪，根本忘記了當初的心情吧？」

環姐丟下這些話，抓了外套就飛奔出去，明明有身孕，竟然用跑的，看著搖晃的門，大喊她名字的是我。

「環姐，等一下。」

「妳去追她，沙世。」

拿著我剛才擦桌子的布來擦臉的芙美姐說。都幾歲了，她到底在幹嘛，來到這個無親無故的地方，明明沒地方可去。不好意思啊，麻煩妳去安撫她。

我點點頭，追了出去，跑出去的時候，聽見芙美姐小聲說：「為什麼會選到這樣的女人。」

咖啡店到我家之間有個小公園，佔地很小，意思意思有花壇、滑梯、鞦韆而已的無趣公園。聽說以前有戲沙池，因為裡面發現異物，後來撤掉了。環姐落坐在兩個鞦韆中的一個上面，喘不過氣的燈下，她的身影忽明忽滅。

「環姐！太好了，找到妳了。」

我一度衝回家，沒找到人又折回，現在很喘，用盡全身吸氣的我奔向她。

「不、不冷嗎？我們先回家吧，這樣對身體不好。」

「……沙世人真好，又可靠，比我了不起多了。」

環姐輕盪著鞦韆，發出吱吱的金屬聲，她抬頭看我，輕輕笑了一下，我還以為她大概在抽泣，不過她臉上沒有淚痕。

「我應該要對沙世道歉，畢竟沙世沒理由得照顧我。」

「我還好，妳在對我也有幫助。」

環姐不像準備站起來的樣子，於是我在旁邊的鞦韆上坐下，調整一下急促的呼吸，手搭上生鏽的鐵鍊，像冰一樣寒冷。

「有幫助？為什麼？」

「環姐，妳可不可以多少講一些妳的狀況給我聽？」

我輕輕搖著鞦韆說。搖啊搖。

「芙美姐很擔心妳，想幫助妳更多，因此需要知道狀況吧？所以一點點也好，希望妳可以告訴我。」

旁邊的環姐也輕搖了一下，傳來生鏽金屬摩擦的聲音。

「擔心？他真的擔心我嗎？」

「當然啊，芙美姐平常很少那樣空出時間、慎重措辭講話，一般來講，我覺得他應該會在妳到的第一天就問到妳無法招架。」

原本他應該是那種什麼都想知道、什麼都想插手管的人。這種個性可以忍十天，很不簡單啊。

終於，環姐吐出幾個字。

「……現在剛滿四個月，預產期是明年五月。」

「呃，這樣是還沒進入安定期嗎？是會嚴重害喜的時期嗎？」

我跟這種事無緣，知識很貧乏，環姐緩緩搖頭。

「害喜已經停了，差不多要進入安定期了，一直到上個月都還動不動就孕吐。」

我簡短喔了一聲，想了一下，提起無可避免的話題。

「妳跟妳先生……現在是什麼情形？」

「在得知懷孕前不久，先發現他在外面偷吃，我大鬧一番把他趕出去，就一直沒回來，我想他現在應該在外遇對象那邊。」

「之後都沒聯絡嗎？」

我問。她語帶死心說，誰知道，我把手機摔爛跟垃圾一起丟掉了，家裡的電話線也用剪刀剪斷了，玄關鎖也換掉了，他也進不去，所以，誰知道。

我無言，這會不會有點過火了。剛來的時候她說，先生離家了，結果不是自己把人家趕走的嗎？

「呃，妳說，事情發生在得知懷孕之前，那表示，該不會妳懷孕的事……」

「他怎麼可能知道啦。幹嘛要跟那個偷腥男講？」

環姐說，應該說，死都不要告訴他。

「我完全不打算從自己嘴裡告訴那傢伙。」

「可、可是他是孩子的父親，是不是還是應該跟他講？」

「等我把這孩子生下來之後再講，當父親的責任我是要他負的。」

環姐摩挲著還沒鼓起來的肚子說。生下來之後？意思是說她打算在這裡待到生完小孩嗎？這一帶口碑好的婦產科在哪裡咧？常客裡面是不是有幾位生過小孩來著？

「我原本想在這裡再多待一陣子的，看來沒辦法了。我會離開的。」

「妳有地方去嗎？」

「……總會有辦法的，可以投靠的人多得是。」

她錯開視線，故作冷淡地說。這個人實在很不會說謊。

「可是妳本來想待在這裡對吧？妳好好跟芙美姐談談啦，芙美姐並不是會對自己的承諾反悔的人，只要妳好好跟他說，他不會拒絕的，絕對沒問題。」

在肚子上的手停下不動，環姐的視線茫然游移。

「……沙世，妳告訴我，他說的『女蛹』是什麼？他為什麼會變成那樣？」

雖然這題的答案我準備過了，可惜並不適合這種場合。我陷入思考，其實我不怎麼懂，認識芙美姐的時候就已經是「女蛹」的芙美姐了，對我而言那是理所當然的事實，要想像芙美姐是一般男人的樣子還比較難，我左思右想也理不出頭緒，「以前啊——」環姐開口了。

「以前，跟我同一個公司的時候，他是個很平凡、暗淡的男人。沒看頭、沒存在感，無法拒絕別人，是會被耀武揚威的傢伙當小嘍囉使喚的那一型。」

蛤？怎麼可能?!我太驚訝了，忍不住提高音量。那不是芙美姐。

「很難相信吧？可是是真的。我如果跟他打招呼，他會滿臉通紅，然後說話結巴起來，大聲說：『早、早安，遠藤小姐。』明明我比他小了三歲，他卻用敬語，大家聽到都在旁邊偷笑，然後他臉就會更紅、跟我道歉說『對不起』。明明沒有道歉的必要。」

環姐的聲音飄搖，聽起來很樂。我說，芙美姐那時候喜歡環姐，對嗎？她點頭。

「那時候他的確就是個男人，應該是個喜歡我的普通男人，明明如此，為什麼變了？為什麼要試圖變成女人？」

遠方傳來笑聲，大概是從車站回家的行人，聽起來很開心的聲音慢慢遠去。

「……時間，吧。十五年啊，我覺得足夠改變一個人了。」

思考後，我這樣回答。芙美姐和環姐之間空白的時間相當長，在那當中，應該發生了很多彼此無法得知的事。

但是環姐搖頭，粗暴得像個任性胡鬧的小孩。

「我不管。他明明就跟我說過，他會一輩子喜歡我，要我放心。我原本相信那是真的，我明明那麼相信他。」

環姐用力說道，此時我才終於知道她不高興的理由。

「辭掉公司，差不多一年後我收到明信片，上面寫著我等妳。我很開心，覺得這個人真的會喜歡我一輩子，可是，那時候他已經變成另一種生物、還有了情人，對吧？才跟我分開一年而已，他欺騙了我耶。」

門燈閃爍，在無秩序可言的光線下，我看著環姐的側臉，表情看起來像是快哭了，又像是在生氣。這個人年紀比我大，早就是大人了，卻如此幼稚弱小，然後，非常傲慢且愚昧。自己跟其他男人結婚、懷孕，十五年來杳無音訊，她卻相信即使如此，有人依舊一直對自己傾注不變的愛，她毫不懷疑。

我輕輕地、輕到不會被她發現地笑了，我覺得到現在還維持著純粹的驕矜、卻也因此受傷的她好可愛。不對，可能不是，也或許不過是對一無所知的女人的嘲笑。我的唇畫出一道弧線。

「我真笨，還相信他。真的是笨蛋。」

環姐虛弱地低語，我沒說話，短暫的沉默降臨。抓著鐵鍊的手有點凍僵，我搓搓手，對著手哈氣。十一月的夜晚很冷，我打算催她「總之回家去」時，視線朝向公園入口，吃了一驚。

「……芙美姐很重視妳喔，他的外表或許已經跟以前不一樣了，對妳的情感可能也轉化成不同的形式，可是現在也還是很重視妳。」

「妳怎麼知道？」

「等我一下。」

站起身，我碎步跑向入口。水泥製的車輪擋上，放了兩罐飲料。伸手摸摸，還是燙的，四下環顧卻不見人影，不過，我覺得空氣中殘留著一股熟悉的氣味，我拿起飲料跑回去。

「來，給妳。一定是芙美姐拿來的。」

「啊……好暖和。」

環姐是先用雙手包覆，我則是立刻拉開拉環。伴隨著熱氣，甜甜的檸檬茶香氣撲鼻，喝下一口，感覺到一股熱流滑下，在胸口融化般擴散。呵～地呼出的氣白白的，立刻融化在黑暗裡。

「我們回去吧。」

罐子裡的飲料快要沒了，我這樣說，環姐點頭。

回到房間後我們馬上開暖爐、交互泡澡，讓受寒的身體從內部澈底回溫，然後鋪好床鑽進被窩。關掉室內燈，吁了一口氣，心想，今天一整天怎麼這麼累，可是不知道為什麼，卻一點都不睏。

「呃，環姐，妳已經要睡了嗎？可以的話，我想聽環姐認識那個以前的芙美姐的故事。」

我猜環姐大概跟我一樣，也睡不著吧，所以這樣問問看，黑暗中傳來環姐的聲音。沙世，妳也不睏嗎？

「對呀。而且，我對『會計部高橋先生』時代的芙美姐超好奇的，實在無法相信芙美姐曾經是個男人。」

我感覺到環姐噗嗤一笑，像細微的波紋，輕笑持續片刻後，她說：妳要是睏了隨時就睡沒關係喔。

「我也很想找人說說，看著那個人，我很不安，幾乎要覺得高橋先生會不會是我自己編出來的幻影了。」

這次換我低聲笑出來。兩人的笑聲交疊、沉靜後，環姐開始說。

「大學畢業，進到公司，我馬上就交了男友，是大我一輪的業務課主任，叫村井。人帥、脾氣好，感覺很成熟。在那之前我只跟同年齡的人交往過，他的包容度顯得特別有魅力，我完全迷戀上他。他帶我經歷了許多第一次，我覺得他是我的真命天子，可是他有太太也有小孩，小孩還有三個呢，全部都是男生的樣子，我記得。冷靜觀察就會知道他跟我一定是玩玩而已，可是我那時候真的很笨，自以為在談一場轟轟烈烈的悲戀。」

我偶爾輕聲回應，黑暗中只聽得見環姐的聲音。

「跟他交往了一年左右，有一天工作中我突然身體不舒服，肚子痛到快吐了，進了廁所嗚嗚呻吟，完全壓不下來，我領悟到沒辦法，這一定要去醫院了，一站起來，肚子——下腹部深處發出乓一聲，後面發生的事我都不記得，醒來的時候，人在醫院病床上，身體不聽使喚，原來我懷孕了，雖然說懷孕，受精卵不是在子宮，而是沾黏在輸卵管上，會在輸卵管上長大的子宮外孕。我聽到的，是長大的受精卵不斷發育膨脹，胎兒把輸卵管撐破的聲音。我聽見我自己的小孩破掉消失的聲音。」

我下意識用雙手按住自己下腹部，感覺聽到生命消逝的聲音，想像粉碎的嬰兒碎片，不寒而慄。一鬆懈，彷彿耳朵深處那沼澤泡泡破裂的聲音就會甦醒，我趕緊拜託環姐快點繼續講下去。環姐發現我不對勁，也繼續講。

「醒來的時候，世界完全不同了，我的身體在不自覺中失去了一條小生命，自己也差點沒命，遍體鱗傷。醫師宣告我以後很難再懷孕，我受到很大的打擊。公司那邊，婚外情被發現，鬧得天翻地覆，而被發現的經過也很可悲，同期的同事想說，無論如何得聯絡一下我男友，一看我手機，裡面滿滿都是跟村井主任之間愛的訊息，差不多是那樣。我說過有男友，不過當然沒辦法說對方是誰，對吧？

「我爸媽趕過來，在那邊哭說未婚的女兒很沒用很難看，來探病的人都一臉看熱鬧的表情，擺出難以啟齒的樣子說我想妳出院後，直屬上司應該會調部門吧。而村井則怎麼等，人都沒出現，然後我最討厭的女生跟我說，這次的事被主任的太太知道了，主任好像磕頭求太太原諒他喔。她用很美的笑容說小環，她會不會要妳付精神慰撫金啊？好慘喔，明明妳現在只剩下變成瑕疵品的身體了。一直到很久以後，我才知道她喜歡主任。」

「高橋先生」還沒出現。我傾聽緩緩訴說的環姐的聲音，等待著他現身，並且覺得我好像在搭船。環姐往過去的日子搖搖晃晃划著船，我坐在上面。環姐一邊划船，一邊訴說。

「都這樣了，我那時候還是個笨蛋，在那邊等著，心想他一定會來，把我從這種淒慘的狀況中救出來。躺在病床上，我一直想像他會出現，跟我說我們一起逃吧，然後我會扯掉纏繞在手臂上的點滴，一起逃出醫院，一起想接下來要去哪裡，盡是這些少女漫畫般的情節，結果，出現的是他太太。她對著在病床上身體接著管子的我說，『我是村井的內人』。我這輩子還第一次看到實際上用『內人』這個詞的人，心想原來是這種人可以當他老婆啊。我到現在也還不會用『內人』這種說法咧。驚嚇一番之後，我內心的憤怒爭先恐後紛紛湧上……」

「啊，後面的劇情我知道了，正確答案一定是在醫院展開了一場爭奪戰，對吧？」

衝動嗜血的環姐一定辦得到，我這樣說，環姐笑著說：妳很壞耶。

「答對一半，我是希望這樣發展，可惜並沒有。她向我下跪，說：您是個原本應該正要養兒育女的年輕女孩，我先生卻奪走了您的未來，深感抱歉，請您原諒他。我還寧願她叫我小偷、笨女人、衝過來揍我，寧願她拿精神慰撫金的求償書往桌上一拍，可是她完全不配合，看著他太太邊哭邊低頭致歉的那個樣子……我突然覺得什麼都不重要了，曾經以為『如果失去了，我大概會死掉』的戀情，一瞬間咻~地消失了，消失之後剩下的只有不是滋味、後悔跟空虛。我甚至想告訴那個我討厭的女生，我剩下的，比妳跟我說的還多呢，剩下更多像大便一樣的東西喔。那麼糟的戀愛，還真的是空前絕後、僅此一次。欸，沙世，妳現在有愛上誰嗎？」

環姐這個問題，喚醒了原本在船上意識開始朦朧、快要睡著的我。眨眨眼，我反芻這句話，然後回答：沒有，已經沒有了。情人在三年前突然出門去，就沒回來了。環姐說：是喔？這個人好過分喔。這種男人，早點忘了吧，他一定早就過著幸福快樂的日子了。話中可以感覺到環姐很傻眼，我拜託她：快點講下去，我的事沒什麼好談，我比較想聽環姐的故事。「高橋先生」出現得也未免太慢了吧？環姐輕笑。

「快出現囉，不過其實也沒什麼好講的耶，就覺得，啊，有個男的好像喜歡我，怎麼覺得是個不起眼的人，只有這些印象。有人喜歡自己，當然還蠻開心的，可是一方面也沒有引起我的興趣，不太可能發展為戀愛，而且，跟會計部的高橋先生好好講到話也只有一天，而且實際上還只佔了大概其中半天的時間。」

「蛤？」我發出很呆的聲音，只講了半天的話，是要怎樣連到現在的劇情？憑我貧乏的想像力實在只能舉白旗，只好靜靜聽下去。

「住院約一個月之後，我決定要離職，畢竟很難再待下去了。去拿一直放在置物櫃的東西時，真是糟透了，大家都一臉不懷好意，保持安全距離從遠方緊盯著我，卻沒人跟我說話，我剛剛說過那個我最討厭的女生，只有她擺出笑臉說保重喔。我只不過是他們那天的娛樂，我想我的存在一定比周刊雜誌還要無足輕重。

「離開公司時，我內心詛咒這種公司乾脆整間爆炸算了，這時候從後面追上來的就是高橋先生。高橋先生一邊喘、一邊問我接下來打算怎麼辦，那時候情緒很暴躁，我就跟他說，現在要不要一起走，我現在情緒糟到想毀了全世界，希望你陪我。高橋一臉訝異，不過馬上說『請稍等一下，我去拿隨身物品』，然後飛奔回去，為了我早退。我問他這樣好嗎？他說，反正下個月底就要辭職了，不必放在心上。然後我們就用高橋先生的錢玩樂、吃飯，昂貴的酒也猛灌，高橋先生只是看著我微笑。那時候我真的很高興，我對自己已經厭惡透頂了，可是他卻用全身告訴我，妳是特別的，妳的美好出類拔萃。這種無條件付出的感情讓我很開心，可是又馬上覺得空虛，覺得自己之前對這個男人看不上眼，現在卻利用人家的好感來滿足自己，非常難堪。明明覺得自己很愚蠢，卻沒辦法不依賴他，然後愚蠢的我把他拉進了賓館。他滿臉通紅，心情動搖，我還強吻他，哈哈哈，真的很蠢，而且他還拒絕我了喔，大叫什麼我沒辦法跟妳上床，請放過我，真的不知道誰才是男人。」

「……呃，高橋先生為什麼會拒絕呢？他不是喜歡妳嗎？難道那時候已經是『女蛹』，雖然喜歡，卻沒辦法像男性一樣跟女性做嗎？」

環姐小聲說：誰知道呢。然後她用一種鄭重的態度，輕聲說：

「他說，我想帶給環小姐幸福。」

「幸福？」

他說：對，我想帶給妳幸福，可是如果我跟妳上床，妳可能會傷得更重、哭得更嚴重。我不想這樣，不想去傷害我喜歡的環小姐。不知道是不是指像他那種會變成「女蛹」的人沒資格，之類的，又覺得應該不是，不知道。總之我——因為那時候醉得很嚴重才辦得到——脫到只剩內衣褲，追得他到處跑，說，快點，你其實很想跟我做吧？快把持不住了齁？高橋先生邊逃邊說，拜託妳體諒一下我的心情。在狹窄的房間裡我追，他就跑，兩個人在那邊轉圈圈，然後我開始覺得超嗨，可是不知道為什麼眼淚又止不住，我就又哭又笑，追著高橋先生跑。

環姐的聲音變得遙遠，帶著淚聲，那是我第一次聽見她聲音裡有溫度。

不知道追趕遊戲持續了多久，我筋疲力盡倒在床上，高橋先生停在房間角落觀察我，我記得他喘到肩膀上下起伏不停。我喊他：欸，高橋先生，你那麼喜歡我嗎？我現在這個樣子，你還是喜歡嗎？他說對，喜歡，我應該這輩子都會一直喜歡妳。他的聲音充滿熱情，可是聽的我卻嬉皮笑臉。天花板的水晶吊燈晶晶亮亮，像煙火一樣閃爍。高橋先生啊，我跟你說，一輩子是不可能的，我也曾經以為有種愛一輩子不會消失，想不到結果這種東西可以一瞬間煙消雲散。沒有這回事，我對環小姐的感情一定會長久，然後一輩子不斷後悔今天沒跟妳上床。

……對當時的我而言，那番話多麼美好，所以我想相信他、想跟他說，高橋先生，謝謝你。我想告訴他我會相信的，但說不出口，所以我拚命勉強自己用搞笑的語氣說，我現在超受傷的，第一次有人這樣狠心拒絕我，我傷得很重，可能一輩子都不會癒合了，欸，你要怎麼負這個責任？高橋先生超困擾，在那邊嗯嗯啊啊了很久，最後他說：我答應實現妳一個願望，什麼願望都可以，請妳就此饒過我。

所以時至今日，我一直都相信他。即使對自己快要失去信心，我也會想起高橋先生的話來激勵自己，說在這個世界某個角落，有人一直想著我，我必須抬頭挺胸活下去。

沙世，他心裡還有我嗎？當年的心情還在嗎？他是否現在依舊喜歡我？我想知道的是這個。我還想相信，自己對於某個人來說，是特別的、有魅力的人。啊，沙世妳睡著了吧？謝謝妳聽我說。

第二天早上，我在做上班前的準備，環姐整個人鑽進棉被說「我今天都不要離開房間了」。我在想，該對連頭都藏起來的她說什麼，悶在棉被裡的聲音又繼續說：

「沙世，妳幫我跟芙美姐說一聲，我自己也會好好跟他講，不過現在還沒辦法，拜託。」

「……好，我會的。」

聽見輕輕一聲謝謝，我離開了房間。

今天可能會下雨。天空布滿灰暗厚重的雲，接觸到皮膚的空氣充滿濕氣，一邊漫步，我一邊回想昨晚環姐的話。

昨天晚上我用裝睡來逃避她的回憶故事，因為我已經幾乎聽不下去、也無法應和了。知道越多，她的愚蠢就越可憎，如果不裝睡，我大概會忍不住開口責備她。

即使一直在身邊，共度同樣的時光，還是可能會被孤獨留下喔，還是有可能會被拋棄喔。妳或許談了場很艱辛的戀愛，可是妳還是遇見了一個人，讓妳能夠相信世界上有永恆的情感，不是嗎？一直到妳這個年紀，都深信不疑，不是嗎？那，妳不是很幸福嗎？別再責備人家情感生變，妳就慶幸他給了妳這樣的信念吧，跟人家說聲謝謝吧。

我也曾經像妳一樣相信喔，但是我再也回不去了，我不小心知道了，句點會毫無預警地來臨。

「唉，差一點就做了蠢事。」

我小聲說，還好我忍住沒說出口。我差一點就要誇耀自己的不幸了，我比妳可憐、比妳痛苦多了。

這樣做一點意義也沒有。看到處境比我幸福、卻哭喊痛苦的人，我無法抑制自己想衝著他們丟石頭的衝動，卻又沒有強悍到可以全力擲出，只見抓起的石頭不斷在我腳邊堆疊起來，這些石頭困住我自己，讓我動彈不得。

雙眼深處開始孕蓄熱度，不顧通勤路略帶水氣變形扭曲，我默默前行。

「是嗎？她會好好說明就好。」

芙美姐並沒有問我們昨晚談了什麼，只說等環姐本人講就好了，然後就一如往常著手進行早上的工作。我也開始做自己的事，那天後來都沒有再談到環姐，像是回到環姐出現之前的藍緞帶日常。

過了中午，滴滴答答下起雨來，一下雨，客人就會變少。午餐時間過後，完全沒有客人來，我跟芙美姐兩人呆呆地聽著收音機。店裡的氛圍明明適合的是古典音樂，偏要播放AM電台的上方落語特集才像芙美姐的作風。我一半當耳邊風在聽，節目滔滔不絕大談和江戶落語有何不同。這時候牛鈴響了，翩然而至的是一位偶爾會來的客人。

「哎唷，妳竟然在這種時間來，真稀奇，今天不必上班嗎？幸喜子。」

「今天中學有教學觀摩，我請了假。我要一杯咖啡，熱的。」

幸喜子是在小鎮郊外縫製工廠工作的單親媽媽，常常帶獨生子啟太來吃飯，聽說跟芙美姐從以前就認識了。

「對了，聽說有新人進來？安潔拉跟我說的。」

幸喜子在吧檯的高腳椅上坐下。有幾位菲律賓女性在工廠工作，她們也常來光顧。安潔拉有在藍緞帶斜對面的菲律賓酒吧上班，前幾天上班前還過來吃飯。

「我不是僱用她喔，以前有緣認識，現在在照顧她。」

在芙美姐用磨豆機磨豆子之間，燒水壺發出咻咻的聲音。

「喔，對了，幸喜子，妳知不知道這一帶風評好的婦產科？」

把咖啡粉倒入不鏽鋼濾網，輕輕注入熱水。芙美姐只有沖咖啡的時候動作特別輕柔。

「婦產科？小芙你終於進化成『女人』了嗎？生理期來了？」

「可惜還沒。不是啦，那個女孩現在懷孕，有可能在這裡生，所以——懂嗎？」

「是喔？是孕婦啊。」

店裡瀰漫著芳醇的香氣，這裡有各式各樣的客人會來，其中芙美姐只有對幸喜子態度不一樣。該說是自己人嗎？有種跟妹妹相處似的放鬆和用心，環姐的事也只有告訴幸喜子，幸喜子沒有多做揣測，想了一下，說，還是佐佐木婦產科吧。

「我生啟太的診所。雖然很舊，不過這一帶最推薦他們家。他們那邊很受歡迎，最好是早點去看診，預約一下分娩比較好。」

「佐佐木嗎？謝謝。來，久等了。」

幸喜子面前放了美濃燒厚重的咖啡杯，偏大的底盤上放著芙美姐手製的黃豆粉餅乾。

「謝謝。這樣說來，這邊可能會出現小寶寶囉？繼啟太之後第一個耶。」

「對啊，好懷念啊。那時候他夜啼很嚴重，我還曾經抱著他在這邊繞圈子走動。」

「咦？啟太是在這裡養大的嗎？」

我很訝異，幸喜子笑著點頭。

「也可以這麼說。我周遭沒有人可以幫忙，所以當一個人忙不過來的時候，就會來這裡求救。我發燒起不來的時候，小芙還揹著啟太在廚房工作呢。」

「我第一次聽到這件事。」

芙美姐幾乎不談自己的事，這些事我完全不知道。

「小芙從我小時候就開始照顧我，就像兄妹……不對，根本像父母一樣，所以我動不動就會依賴他。」

「蛤？從那麼久以前就認識了嗎？」

「我覺得從我有記憶的時候他就在陪我玩了。」

難怪他們之間有其他人所沒有的親密感，原來真的是像妹妹一樣啊。

「好懷念喔。那時候還有小史，超開心的。好想小史啊。」

「小史？」

「另一個情同手足的人，他以前有跟小芙一起經營這家店。」

這樣啊！我的聲音變得特別高。望向芙美姐，他說：「因為一些狀況，從小我們就一起生活，應該說是兒時玩伴吧。」原來如此，原來是這麼一回事。我感到心中吹進一陣舒適的風。

「我一直以為是芙美姐的情人。」

「才不可能咧。那傢伙過去是一般的男人，最喜歡美女。」

芙美姐故意皺起臉，然後補了一句：不過的確是我非常珍視的人就是了。

回去的時候，要趕緊告訴裹在棉被裡的那個人，以為是情人是我誤會了，其實是兒時玩伴。聽我這樣說，她會露出什麼表情呢？

「欸？沙世妳怎麼了？笑得那麼開心。」

幸喜子突然這樣說，我睜大眼睛，雙手撫頰。

「我剛才有笑嗎？」

太詭異了。今天早上我還那麼鬱悶，現在全都煙消雲散。她今後或許還可以繼續相信「畢生之愛」，這件事讓我那麼高興嗎？我用手摀住臉，暗自思索。

幸喜子回去後，客人依舊零星，我們就提早關店了。我心裡記掛著環姐，跟芙美姐說我不吃飯了，要回家，芙美姐就把菜餚裝在保鮮盒裡讓我帶回家。

「不好意思，謝謝。」

「別客氣，給沙世帶來那麼多麻煩，該說謝謝的是我啦。」

大大的保鮮盒，裡面菜餚越塞越多，那個量當兩個人的晚飯實在太多了，我這樣說，他回答：還有明天早餐的份啊。

「明天店休不是嗎？妳配合我，上班時間總是那麼長，要好好休息喔。」

他俐落地用包巾包好保鮮盒遞給我，我抱在胸口，暖呼呼的。

「可是，真的對不起，環小姐在，妳是不是也沒辦法好好休息？」

「不會啦。而且，環姐在，對我也有幫助，我睡得很好。」

「喔，這樣嗎？季節也到了齁。那，今年妳不來我家了？」

芙美姐看了一下掛在牆上的月曆，問我，我點頭：「目前還不必。」

一到男友離開的季節，我就會開始害怕獨處。明明男友已經不在了，再也不會被丟下、剩自己一個人了，我還是會不安得難以忍受。通知他死亡的電話鈴聲會響起、沼澤的泡泡會破掉、會聽見無法相信是自己的慘叫聲。這些不可能再聽到的聲音，我卻覺得彷彿隨時都會再度震動我的鼓膜，讓我無法入睡。

遇見芙美姐是在男友離開那年冬天的尾聲，為了尋找男友的蛛絲馬跡，我搬到這個小鎮，卻還不習慣，加上失眠，頭昏腦脹時進的店就是藍緞帶。任何人看到芙美姐至少都會先倒退一次，可是當芙美姐迎接我時，我感受到的不是恐懼而是安心。這種滿溢生命力、堅強的人，一定可以讓我的不安飛到九霄雲外。「鬆了一口氣」跟「一直緊繃的線斷掉」可能是同一件事吧，我就這樣倒下，然後在二樓睡到昏天暗地。醒來後，面對的是芙美姐做筆錄般的提問攻勢，最後，結論是他會僱用我在藍緞帶工作。從此，只要不安侵蝕我的夜晚，我就會來到二樓，芙美姐會什麼都不說，陪我一起睡。

「芙美姐像熊在咆哮的鼾聲也很棒，不過環姐的夢話也很有看頭喔。」

「什麼？她愛說夢話嗎？等一下，什麼叫熊在咆哮，妳很沒禮貌耶！」

芙美姐模仿熊對著我「吼～」了一聲（不必模仿就已經威力十足了），我道謝後回家。

妳回來啦。環姐跑來玄關迎接我。

「對，回來了。」

脫著工作靴，頭上傳來膽怯的聲音：「那傢伙，什麼感覺？」

「在生氣嗎？」

「完全沒有。」

我就在站了兩個人很擠的玄關跟她講今天的事。我說到不是情人、還有芙美姐為了環姐在研究婦產科的時候，環姐的表情稍微動搖了一下。我發現的瞬間，內心閃過一片黑影。

如果芙美姐跟以前一樣，還是對妳存有一般男性的那種戀慕之情，妳會接納他嗎？明明不會，卻只想從他身上得到讓妳快樂的部分對嗎？這樣真的非常、非常奸詐。

「對了，沙世，妳吃過飯了嗎？」

話鋒突然一轉，我回過神來。

「還沒，環姐也還沒吃吧？芙美姐弄了這個給妳。」

打開回家路上讓我取暖的包巾包裹，環姐眉尾下垂，露出煩惱的表情。

「蛤？討厭啦，怎麼辦？我做了晚飯。」

一陣溫暖香氣撲鼻。

「嗯——燉牛肉嗎？」

「正確答案。這是我的拿手菜，只有這一道保證可以被誇好吃。雖然不是什麼了不起的東西，該怎麼說呢，我想謝謝沙世……」

環姐說話變得有點快，臉都紅了。

「對不起，我其他什麼也辦不到，其實應該問妳喜歡吃什麼，可是我不是很擅長烹飪，不是什麼都做得出來。」

「我喜歡啊，而且這是芙美姐不會做的菜。」

看著她害羞的表情，我湧上跟剛才不同的笑意。我搞不好蠻喜歡這個人的，雖然有可恨之處，卻讓我無法真正恨她。

「那芙美姐給我們的菜明天早上再吃吧，天冷，我想吃燉牛肉。」

那我馬上準備喔。環姐笑著往裡面走。

第二天早上，晴空萬里，完全找不到前一天壞天氣的痕跡。暖陽從窗邊照射進來，把我喚醒。揉著眨巴眨巴的眼睛，我心想：這真是最糟糕的早晨了。我最討厭冬天突然造訪的暖和日子了，每天都暴風雪下到春天該有多好。這種日子，只好把自己包在棉被裡，等這一天過去。如果是上班日，還可以藉工作分心，真是運氣不好。

「早安，沙世。天氣超好的耶。」

先醒來的環姐，妝都化好了。

「欸，妳今天有事嗎？如果沒有，我們一起出門好不好？帶著芙美昨天做的便當。」

「……呃。」

看著窗外，我想了一下，決定還是拒絕。可是我望向環姐，她實在是一臉興奮期待，我只好無力地說好。我設法轉換心情，告訴自己，說不定會比關在房間裡逃避好一些。環姐來到這裡，可能也有很多壓力需要抒解，或許對彼此都好。

「要帶便當出門的話，動物園、植物園、美術館，還有很多選項就是了，妳有什麼需求嗎？」

「天氣好的話，一定要去室外吧。我想去風景漂亮的地方。」

「嗯……車站另一側的山上，好像有一座觀景公園，我也沒去過，聽說可以俯瞰這個小鎮，風景很美，是個不錯的地方，要不要去那邊看看？」

走路去有點距離，我大概沒問題，但是環姐目前不能太勉強，啊，可以去搭站前出發的巴士。我動起還不太靈光的大腦，環姐高聲說：好呀好呀！

「很有野餐的感覺，很棒。欸，沙世，妳有運動服之類的嗎？我沒有帶那一類的服裝來。」

「那邊衣櫃裡應該有。妳可以自己打開來找找看。」

我「哈～」地打了個大呵欠，下床。拿起餐桌上的手機看時間，有幾封新郵件進來。

「啊，找到粉紅色的運動服了！欸，還有黑的耶。穿哪一套好呢。沙世妳想穿哪一套？」

「我都可以喔。」

環姐開開心心在那邊選衣服，我在一旁回幾封該回的郵件，然後去盥洗。

一小時後，兩個人站在車站前。環姐穿著粉紅的，我穿著黑色的運動衣。

「我看看，巴士十七分鐘後到。」

我在確認時刻表，環姐卻說要用走的。

「我們用走的啦，我想爬山。」

「蛤？妳這個孕婦在說什麼啊？」

我嚇一跳，可是環姐一副毫不在意的樣子，回答說沒問題。

「這裡不是也寫說有健行步道嗎？兩小時可以爬完的話，沒問題的啦。」

剛講完，她人已經背向巴士站走了起來。到底是哪邊點著了火才會燃起她那股衝勁？

原本抱著散步心情的我，全身無力地追起她走在前面的背影。

開始後悔想得太天真的時候，我們大概已經走了一小時左右吧。雖然是座小山，上坡就是上坡，爬起來很痛苦。我們花的時間比記載的還要久，邊走邊大口喘氣。有幾次，開往公園的巴士追過我們、揚長而去，可是莫名的賭氣心態油然而生，我們一邊對著悠然經過的車體惡言相向，腳倒也沒停過，到最後連講話都嫌累，我們無言地繼續向前走。

好不容易抵達的公園，比想像中大，草地上設置了一些色彩繽紛的遊具，看得到再進去一點的地方有混凝土製的觀景台。幾個孩子發出笑聲，溜下一座巨大的滑梯，媽媽們在一旁優雅觀望。這裡有很大的停車場，她們可能把車停在那裡吧。我心生羨慕，經過她們旁邊，走向觀景台。建築物像個灰色盒子，從樓梯爬上去，就看到眼前一大片寬廣的景色。雖然是個只放了幾張長椅的地方，但全景的景觀很美。我們並肩而坐，眺望遠方。或許是因為下過雨，空氣澄澈，街景清晰可見。大約三小時前經過、總是仰望的車站建築小得像個玩具模型。

「啊——好有成就感喔！」

從家裡出來時還覺得涼颼颼的，現在身體的溫度都升高了，彷彿要用沁涼的空氣清洗肺部似的，我做了好幾個深呼吸。

「身體不會吃不消嗎？環姐。」

「完全不會。我之前運動不足，好歹也得有這樣的運動量。」

環姐流著汗，眉毛缺了一半，卻說得神采飛揚。妝大概也掉得跟她差不多的我，覺得心情好像輕鬆多了。很久沒在冬日擁有這樣的心情了。

「藍緞帶應該在那一帶吧？」

「那個焦茶色的屋頂應該就是吧？」

「好小喔！那傢伙現在不知道在幹嘛。」

「他常說假日會睡一整天就是了。」

「原來他的假日都這麼無聊，我們是不是應該約他的。」

環姐柔聲說，然後閉上了嘴。

從只有兩人的觀景台，默默眺望眼下風景。遠處傳來小孩的歡呼聲，環姐壓低聲音，好融入那空氣中的靜謐。

「從這裡看，這個小鎮好小。」

「……嗯。」

真的很小。俯瞰住了好幾年的這個小鎮，我這樣想。為了尋求失去的情人走過的蛛絲馬跡，移居此地，一個人住下的這個小鎮。原來是在這麼小的範圍中，我活著、笑著、哭著、煩惱著。原來我是在從這裡看來不過一顆米粒大小的地方，度過那些無眠的夜晚。

「好不可思議喔。」

環姐喃喃自語，在我開口問之前，她繼續說：現在，我覺得似乎在景色中看著自己，好像有一個很小、不值得一提的我站在眼前。

我也是。我小聲回答。此刻，環姐也跟我有同樣的感受。

「我看過比這裡更高、像在雲端的景色；看過彷彿夢想世界般、完美無缺的景色。在那些地方，我只會覺得好美啊、或是好可怕喔，卻不會像這樣映照出我自己。」

我簡短回答：我懂。我從來沒有面對過在這小鎮生活的自己，我在尋找消失的男友、只顧一味追尋他的痕跡，沒有回望過自己。

「或許是因為，這不是為了別人，而是純粹為自己的目的輾轉抵達的景色吧。我太拚了，現在雙腿發軟。」

「我很想說『對呀』，但又不想老實承認。不過是走個幾小時就看得到的景色，我卻到了這個年紀一直沒發現。」

「啊哈哈，對呀，不過比我好了啦。我比沙世大那麼多，也沒領悟到，超鈍的。」

環姐一笑置之，突然聲音低沉了起來。

「都三十八歲了才終於面對自己，真夠蠢的。」

這輕聲喃喃應該是對著她自己說的，所以我沒回應；我只是跟蹲在米粒中的女人凝視彼此。

氣氛緩和是因為環姐的肚子發出了氣勢十足的聲音，這才發現早就過了中午，我們下了觀景台，往草地方向走，小朋友還在玩，我們坐在稍微有點距離的長椅上，打開便當。我們已經餓壞了，把裝得滿滿的菜一道道塞進胃裡。

「這些菜的分量大大超過我們今天的運動量了吧。」

「芙美姐油炸物未免也裝太多了吧？不過花枝圈好好吃。」

芙美姐裝的時候是打算讓我們吃兩餐的，結果我們幾乎全吃光了。我們一邊喝茶，一邊揉搓圓滾滾的肚皮。

「害喜結束後，吃飯變得好香，明明要小心不能變胖才行。」

「環姐身材很好，不必擔心吧？」

「哪有。跟二十幾歲的時候比變胖了，腰這邊長出以前沒看過的肉，然後整個鬆垮垮的。」

環姐捏著側腰的肉，皺起臉來，然後對著旁邊的我掃視了一圈，小聲笑了笑。

「沙世二十八對吧？還很年輕、很漂亮啊。」

「妳在說什麼啦。環姐才漂亮吧。」

我的容貌就算客套也稱不上漂亮，一張臉非常非常普通，沒什麼特徵，在姿色出眾的環姐身邊，很明顯就被她比下去了。可是環姐搖頭。

「皮膚緊緻、沒有斑也沒有皺紋，我覺得很漂亮，在沙世眼裡，我已經是個歐巴桑了吧。」

「才沒……」

「但我自己這樣覺得。眼尾有皺紋、手背鬆弛、胸部跟臀部如果不用緊繃的塑身衣托高，就會下垂，生完小孩以後，我想一定會變化更大更快。」

環姐將視線轉向在遠方談笑的媽媽們，凝視的表情很悲傷。

「這是理所當然的吧，人就是會老。那時候我真的很笨，感覺自己永遠不會老，從沒想像過自己會變成現在這樣。」

我不明白環姐想說什麼，一邊把玩著裝茶的寶特瓶，一邊注視她妝花掉的側臉，她果然輕輕吐了一口氣：

「我先生外遇的對象二十三歲，跟他同一個公司，很有活力，長得很漂亮。」

「蛤？」

「我跟有婦之夫交往的時候也是二十三歲，村井的太太當時三十八。很巧吧？也就是十五年後，我完全站在相反的立場。」

環姐聳肩：這就是所謂的因果報應吧。

「十五年前，當村井的太太到醫院來時，我用很殘酷的話攻擊她。她看起來人很好，皮膚白、身材肉肉的，穿的衣服雖然看起來不便宜，也算好看，可是品味就是不夠好，我心想：有夠土！總之她就是那種嘴裡會自然吐出『內人』那種詞彙的人，跟我品味一定是無法相容的嘛。『他選的真的是這種女人？』我下意識對她全身上下品評了一番，然後發現她右手手背上貼了一個常見的那種膚色的ＯＫ繃，邊邊有點翹起來，黑黑的。看到那個ＯＫ繃的瞬間，嫉妒之心油然而生，我也不知道為什麼關鍵會是ＯＫ繃，總之，之前只覺得他太太很煩而已，在那個時候，她第一次成了『跟村井一起生活的女人』。」

那個她忘了藏起來、悄悄存在右手手背上的生活感，誘發了我的想像。就這麼一小片薄薄的東西，讓蠢女人領悟到現實。

「要來吵架，給我在完美狀態下過來啊，不准給我偷懶啊，本來都已經是個惹人嫌的老女人了，妳竟然覺得憑這種態度就能贏過我？別鬧了，妳這個醜八怪！我猜我大概還說了更過分的話。可是我無法克制自己不對她咄咄逼人，總之我用盡所有能想到的話去辱罵她。」

「這也太過分了。環姐妳以前是不良少女嗎？」

她有時候嘴裡會突然冒出不太好的用詞，我原本就有這樣的感想了，不過環姐笑著說：我只是嘴巴壞而已。

「我心想我贏得過她，完全不覺得自己會輸，在我眼前的完全就是個老女人，早就沒有女人的魅力了。可是，對方是妻子、母親、成熟的大人，而且是個女人。她兩隻手緊緊握拳，不停發抖，我覺得她一定會撲上來揍我，結果她卻用那雙手伏在地上跟我道歉，外子把妳的人生弄成一團糟，真抱歉；請原諒他奪走了妳的人生，希望妳能忘掉這些傷心事，開拓一條新的人生大道。這些話她重複說了好幾次。在她眼裡，我只是個無知、沒有想法的孩子，身為大人的她，對於這種生物犯下的過錯不得不原諒。看著她道歉的樣子，我領悟到，別說一決勝負了，她連上擂台的機會都沒給我，我終於覺得自己是個蠢蛋，而且一切丟給太太、自己什麼都不做的村井也是個沒用的蠢蛋，兩個蠢蛋在那邊偷偷摸摸進行的，怎麼可能是什麼轟轟烈烈的戀愛呢？回過神了，我發現自己在跟她道歉，說我不會再犯了。」

突然傳來大哭的聲音，我嚇了一跳，一看，是個小男孩趴在地上，應該是跌倒了吧，媽媽趕緊跑過來把他抱起來。

「……她啊，在我現在的年紀已經生了三個小孩，在照顧養育他們耶。為了守住這個家，她來找我，為了以後可能沒辦法生育的我掉眼淚。她是個很美好的人。」

哭喊的男孩，把臉往媽媽胸口蹭，眼淚鼻涕大概都把衣服弄髒了，媽媽卻毫不在乎的樣子，撫摸著孩子的背安撫他。

環姐跟我看著同樣的方向，說：十五年前的自己在責備我，嘲笑我說，快失去女人魅力的老太婆，怎麼可能贏過年輕貌美的女人呢？那個人，村井的太太既強韌又溫柔，愚蠢的黃毛丫頭哪會是她的對手？她以成熟的方式讓黃毛丫頭閉嘴，還為她抹淨那段扮家家酒似的戀愛、不留痕跡，可是我沒有她那麼堅強……沙世，我很害怕，如果那個女孩來找我怎麼辦？如果她要我離開我先生，我該怎麼辦？我身上沒有任何籌碼足以拿來贏過壓倒性的青春和美貌，我到現在依舊是那個軟弱、愚蠢的黃毛丫頭，所以他一定會被那個女孩搶走，然後這孩子就沒爸爸了。

我輕輕環抱那發抖的單薄肩膀，像遠方的媽媽那樣，慢慢撫摸她汗已乾的背。

環姐，妳來這裡，是想找回以前的自信對嗎？妳覺得只要見到把妳視為特別存在的高橋先生，妳就可以恢復自信了，對嗎？

環姐沒有回答，但是有水滴落在她的大腿上，粉紅色的運動褲上，出現一個又一個點點。

可是這些都沒有意義，不管從別人口中得到多少肯定、鼓勵，都沒辦法拿來當作取勝的籌碼。只有自己盡全力到手的東西，才能帶給我們新的力量喔，靠著從別人那邊要來的東西是不行的喔。好可怕啊，沙世。我好害怕。

「妳真的很笨耶。那種會去找其他女人的男人，誰還要啊？送給她不就好了。」

突然從頭上傳來一陣粗獷的聲音，我們兩個尖聲大叫。

我跟環姐抱在一起，回頭一看，站著一個黃色的妖怪！啊，不是，是化著全妝的芙美姐。沒做好在溫暖陽光下看到他的心理準備，我們又尖叫了一次。

「你、你在幹嘛啦？」

粗暴擦拭著哭濕的臉，環姐發出怒吼，我心臟都要停了，按著胸口環視四周，一片祥和的午後公園，出現了一個異質人物，那些父母正帶著小孩後退中。

「什麼幹嘛？不是說你們在這裡野餐？我就來啦。」

環姐轉頭看我，起床確認郵件時，發現昨晚芙美姐傳訊息來關心環姐的狀況，我有回信，自己都忘了。

「中午過後，我起床看到回信，回過神自己已經在計程車上了。你們該不會是走路來的吧？天哪，真熱血。」

芙美姐咯咯大笑，然後在我旁邊坐了下來。明明是雙人座的長椅，他卻擠啊擠的，我們都沒地方坐了。

「沙世！妳幹嘛要跟他講?!」

「我怎麼知道他會來？欸，很擠耶。」

「吵死了，你們兩個屁股太大了啦。」

「屁股最大就你了好嗎?!」

大家吵成一團，最後變成芙美姐直接坐在長椅前草地上。

「你們還有良心嗎？枉費我好心趕來，竟然是這種待遇。」

芙美姐一臉不高興，還是盤坐了下去。彈性針織布料的長洋裝（奶油黃）被撐到發揮了極致潛力。

「不講那些了，我剛在旁邊聽了妳說的。」現在得抬頭看我們的芙美姐對環姐說：「會去找別的女人的男人，妳再怎麼努力，他還是會去，不要苦苦留他，妳去狠狠搜刮他一筆精神撫慰金跟扶養費，然後把他趕出去。」

正在用毛巾擦臉的環姐，臉都扭曲了：「什麼？」

「你不要講得那麼輕鬆，不是那麼單純的問題吧？我肚子裡的小孩會沒爸爸耶！」

「兩個氣噗噗的父母，不如一個笑咪咪的單親，只要保持幸福的笑容，孩子也會幸福地長大。」

芙美姐從肩上的托特包拿出兩罐啤酒跟一罐柳橙汁，把啤酒遞給我、柳橙汁遞給環姐，然後拉開自己的拉環。環姐緊捏著鋁罐，用力盯著芙美姐。

「產前產後，還會發生很多問題耶，我必須一個人克服，一個人養育小孩，你說得倒簡單，什麼笑咪咪的單親，我可沒有自信可以一直維持笑容，光是現在，我就已經夠不安、夠害怕了，我沒有那麼堅強，可以自己一個人活下去。」

面對一派輕鬆的芙美姐，環姐的聲音裡潛藏著怒氣的芽，咕嚕咕嚕喝著啤酒的芙美姐說：所以說妳笨。

「我跟妳說，沒試試看怎麼知道？光是在這邊想像、想再多也沒用。」

「你懂什麼？你懂當父母多辛苦嗎？懂沒有父母的孩子多辛苦嗎？不要講得一副好像你都知道的樣子。」

環姐的怒氣終於爆發，站起來的同時，把果汁罐用力摔向地面，在草地上彈跳的鋁罐滾到芙美姐腳邊，芙美姐把它撿起來，擦掉上面的泥土跟草。

「我知道啊，兩邊都知道。」

「蛤？」

「我說我兩邊都知道。我沒有父母，從嬰兒時期就被寄養在育幼院，到高中為止都是在那邊長大的。父母的臉我一次也沒見過。」

「真的嗎？」

環姐呆站在那裡，我也只能瞪大眼睛愣在那邊，芙美姐把果汁罐遞給環姐，環姐沒接，芙美姐把鋁罐放回包包裡，喝起自己的啤酒繼續說。

「現在已經沒了，以前鎮上有一家育幼院，大概有十五個孩子跟職員一起住在那裡吧，小時候受他們照顧，長大之後我也幫忙照顧比自己小的孩子。當初一起開藍緞帶這間店的朋友，也是在那間育幼院長大的。」

手上的鋁罐開始冒汗，但我完全喝不下去，明明帶給我們這麼大的衝擊，芙美姐本人卻像在講江戶落語的樣子，若無其事、一派輕鬆。

「環小姐不認識，有個我認識很久的人叫幸喜子，住在育幼院旁邊，她沒有父母，是阿嬤帶大的，他們家很髒亂，她的生活活像貧窮的範本，可是她總是笑咪咪的喔，個性純真坦率、超可愛的，現在她是單親媽媽，她小孩也是個超棒的好孩子。」

「啊，對耶，芙美姐有幫幸喜子一起養育那個孩子，對不對？」

昨天才聽完的故事，芙美姐像父母一樣照顧幸喜子，所以應該也很清楚父母的辛苦。芙美姐瞇起眼，露出懷念的表情。

「一下子吐、一下子發燒的，每次都弄得天翻地覆，可是很開心，托他們的福，我現在尿布也會換、做副食品也小菜一碟、哄小孩睡覺我超擅長的……所以，我並不是什麼都不懂，畢竟孤單、心酸和痛苦，我都一起經歷過了。」

環姐緩緩坐下，重重在長椅上坐穩後，環姐用雙手摀住臉，指縫間透出一句：什麼嘛。啤酒喝光了，芙美姐繼續說：

「如果妳要自己生下這個孩子，我會幫忙照顧，只要妳可以當一個笑容滿面的母親，什麼忙我都願意幫，妳就在這個鎮上生吧，當然，如果妳對妳先生還有感情，想回到他身邊，我也覺得很棒，在有勇氣去跟妳先生還有外遇對象正面決鬥之前，妳待在這裡就好了。」

環姐抽搐了一下，慢慢抬起頭來。

「妳想怎麼做？說說看嘛，不管妳選哪一條路，我都會幫妳。」

環姐和芙美姐視線相接，剛才的怒火已煙消雲散，眼神徬徨無助。

「……手。」

「嗯？」

「可以的話，我不想分手。雖然我不能原諒他，可是他明明非常喜歡小孩，卻從來沒有責備過我不孕，他說，他只要有我就夠了。」

嗯，芙美姐應和。

「好不容易才懷了這個孩子，所以，如果我跟他說我懷孕了，他說不定會很高興，他如果也很慶幸我懷孕了，我會想跟他重新來過，可是，他搞不好會說已經不要這個孩子了。」

「那個到時候再說吧，先好好溝通，還是不行的話再放棄就好。大不了就是換我來照顧你們而已，這是我對妳的承諾，不是嗎？」

「承諾……」

「畢竟是對喜歡的人許下的承諾嘛，不管發生什麼事我都一定會實踐的。」

口紅有點掉色，豐厚的雙唇劃出溫柔的弧線。環姐眼中湧出熱淚，哇啊啊地，她大聲哭了起來，像孩子一樣，任憑情緒流洩而出。

「咦？討厭，別哭啊！妳這個人怎麼搞的，為什麼情緒都這樣赤裸裸的啊？好像是我惹妳哭一樣，好討厭喔，拜託妳也哭含蓄一點。」

她哭得實在太大聲了，大家都看了過來，我難得看到芙美姐臉色大變一副狼狽像，實在沒辦法不笑，心底暖暖的。

環姐不顧周遭眼光繼續大哭，最後，她說：

「只要有人說喜歡我，我就會加油。」

回程芙美姐付錢，我們搭計程車回家。我們兩個光是爬上去腳就受不了了，非常感激。接下來幾天大概會受肌肉痠痛折磨吧。

芙美姐煮了晚餐給我們吃，我跟芙美姐盡情喝酒，環姐藉著懷孕的機會戒酒中，抿著無酒精飲料，不停地嚷嚷：好羨慕啊。

「我明天回去，我會好好跟我先生談。」

酒足飯飽，漸漸有點醉意的時候，環姐靜靜地如此宣言。

「此刻肚子裡的孩子也持續在長大，一方面為了這孩子，我也應該早點行動，對吧？我會好好溝通的。搞不好，談判破裂，我還會回到這裡，到時候……」

「到時候除了洗碗盤，妳還得負責掃廁所喔。大家都說多掃廁所，生的小孩就會可愛。」

微醺的芙美姐燦笑，環姐吐舌頭說，我才不要。

「都什麼時代了，拜託你不要講那種老人才講的話。」

「怎麼會？古人講的話都不會錯，沙世，對不對？」

「都說多運動會比較好生，對吧？我家的廁所也得拜託環姐了。」

「那我會去上媽媽瑜伽什麼的，不是啊，為什麼要以我會回來為前提啊？說不定一切會很順利……不對，我絕對會把事情搞定的，等著瞧。」

「啊，得去買新的浴廁清潔劑，還有橡膠手套。」

「喂，可以不要這樣直接無視於人家的決心嗎？」

三個人一起咯咯大笑。把自己陷進窗邊沙發裡的我，隨手拿起旁邊那個黃蛇的擺飾，擺飾形狀細細長長，握起來很舒服，我把那隻蛇當拐杖，在空中畫起圈圈，坐在吧台高腳椅上的環姐看著我，突然啊了一聲：

「那個東西，我覺得好像在哪裡看過。」

「不可能。這是人家為了我特別製作的，全世界獨一無二。」

「真的嗎？可是我確定……啊！」

突然有所發現的環姐，從包包裡拿出明信片，就是剛來這裡時拿在手上的那張舊明信片。

「看吧，這裡，這裡有拍到。」

環姐用手指指給我們看，於是我站起身來走過去看。縮小的窗邊，的確有一樣的東西。

「欸，真的耶！這隻蛇從以前就在這裡了啊。」

「那不是蛇喔。」

從啤酒換成清酒的芙美姐，抿著小酒杯說。

「不是蛇，是五彩鰻。」

「蛤？無采鑾？」

從來沒聽過的名字，鑾……啊，鰻，是不是一種海裡的生物？好像在電視上看過被稱為海底流氓還是什麼的。

「從店名應該就可以猜到吧。『藍緞帶』（Blue Ribbon）是五彩鰻的英文名喔。在海裡看起來就像漂搖的藍色緞帶，所以叫藍緞帶。」

芙美姐對著我說，妳自己工作的地方，名字的緣由好歹該記一下吧。我鼓起雙頰：

「又沒人跟我說過，我一直以為是蛇啊！」

「海鰻的確跟蛇差不多。是喔，是海鰻喔。」

環姐討好地笑了一下，然後歪著頭：

「那為什麼這隻是黃色的？應該塗成藍色吧？」

「黃色是正確答案喔。」

芙美姐喝的速度變快了，這個人一旦開關打開，就會喝到爛醉為止。我回到窗邊的位子：在你醉倒之前不設法讓你上樓，我可沒辦法把你抬上去喔。我在沙發上坐下，觀察手裡的海鰻。的確這樣說來，嘴巴前端有兩根凸出來的東西，說是鬍鬚看起來也像鬍鬚，打掃的時候明明摸過不知道多少次，因為沒有特別想什麼，所以完全沒注意到。我把它轉來轉去，從各種角度觀察，發現底部有小小的英文字母名字，我隨意用指尖描著那個用深藍色書寫的名字。

「咦，這個。」

我覺得哪裡不對勁，彷彿閃過一道光，忍不住喃喃自語，可是因為芙美姐說的一句話，我馬上忘了。

「五彩鰻就是女蛹。」

沒想到這個名詞會在這種時機出現，原本完全收納到大腦角落去的「女蛹」再度登場，我跟搧著明信片的環姐都僵住了。

「藍色的時候是公的，當變成黃色的時機來臨，牠就會變成黃色，變成母的。」

「你是說性別會變嗎？竟然有這種事？」

「有啊，叫做雄性先熟型吧。年輕的時候是藍色的雄魚，成熟後就會變成黃色——變成雌魚，然後產卵。很棒吧？第一次知道五彩鰻這種生物的時候，我都發抖了，心想，我也想這樣。」

突然間，芙美姐把視線轉向我手上像蛇的五彩鰻。

「從還小的時候，我就想要自己的小孩了，繼承了我的血的我的小孩，血緣會互相呼應嗎？相像會是怎麼個像法？會有彼此相通之處嗎？從小時候我就一直在想、一直很憧憬。不知道自己是哪裡的誰生的，會很落寞，像是想回家卻不知道家在哪裡的感覺。心想，咦？我是怎麼走到這裡來的？回頭，卻找不到那條路的感覺。」

芙美姐的聲音非常哀傷，讓我依稀想起小時候迷路的事。那時我還沒上小學，不記得在哪裡做什麼了，總之，突然發現只剩自己一個人，已經搞不清楚從哪裡來的，該往哪裡走。整個世界看起來跟以前完全不一樣，連自己腳下的土地都顯得不踏實，接著，地面真的開始飄搖，我連站都站不穩，我覺得自己好像孤零零跌坐在漫無盡頭的時間裡哭，可是爸爸找到我的時候笑得很穩重，所以大概其實只是很短的時間。不過，即使到了現在的年紀，我依然記得那種孤零零呆站在世界上有多可怕。

「只要一個人就好，我想要在這個世界上有一個人跟我有所牽繫，可是，在此同時，越來越茁壯的卻是一種生為男人的痛苦，為什麼我要以這樣的形態出現在這個世界上？我多麼希望自己能生為女人。如果變成女人、用自己這個身體生出自己的小孩，我會有多滿足啊。」

平時是破鑼嗓，今天聽起來卻溫柔圓滑。

「就在那時候，我在電視上看到了五彩鰻，他們說五彩鰻很稀有，看到的人就可以獲得幸福，那時候我正在進行開這間店的準備，還能空出一點自由時間，所以我就去了聽說有五色鰻棲息的沖繩，不知道停留了幾天，完全找不到，我還說不然乾脆把店開在沖繩好了，然後就看到了。那隻五彩鰻正處於從藍轉成全身黃色的途中，真的正要變成雌魚，非常美。啊，真的好希望你們也能看看，你們一定會很感動的。」

一口飲盡豬口杯裡的清酒，芙美姐顯得亢奮：

「我當下真心覺得我想成為五彩鰻，這樣我就能超越所有痛苦。頭髮試著染成金色，一開始也是因為想 cosplay 成五彩鰻的感覺，然後思考該怎麼做才會更接近呢，化妝也是，還想到如果要漸漸變成女人，說話方式也改一下比較好，就開始注意。然後我想，快變成女人的人該叫做什麼，想出『女蛹』這個稱呼。雖然也覺得品味不太妙，不過有了稱呼，心裡就踏實了。」

芙美姐把當時還未定的店名，還有他自己，都改成了五彩鰻。

「做了這些嘗試之後，我發現自己的人生輕鬆多了，覺得這樣我也能活下去。」

芙美姐說得斬釘截鐵，他果然是個非常堅強的人。毫不在乎任何人怎麼看他，總是站得筆直。精心裝扮中有許許多多糾結的痕跡，他卻不會讓任何人看見。我一定是想從芙美姐這般的強韌中獲得解救吧。

一直默默聽著的環姐，呼~地吐了一口氣，輕聲說，原來如此。

「很多事我終於懂了，我一直不懂你那時候為什麼會拒絕我，那並不是一種身為『男人』的愛吧。」

「……如果我讓妳失望了，對不起。可是，我很珍視妳，這件事是不變的，妳可以原諒我嗎？」

「不，我很慶幸是這樣。這樣一來，我今後還是可以繼續想要來自你的感情，對吧？而且，我覺得如果想成是有點特別的『友情』，會遠比『愛情』值得相信它不會變。」

「不會變啦，我不是跟妳說是『一輩子』了嗎？」

嗯，我相信。環姐這樣說，然後微笑了。

翌日早晨，三個人一起吃了最後的早餐，結束熱鬧吵雜的一餐後，環姐做好準備，說：那我差不多要出發了。

穿著大衣，手裡是波士頓包，包括有點緊張的表情，環姐都跟來的時候一樣，她走近芙美姐，抬頭。

「給你們帶來很多麻煩，不過謝謝你們，我現在心裡不再徬徨了。我會加油，不會再逃回這裡。」

「妳一定沒問題的，不過，不要太勉強自己，身體不能受寒，畢竟年紀也不小了。」

「不准給我提年紀！高齡產婦這個詞超恐怖的。」

噗嗤一笑，環姐伸出沒拿包包的那隻手。

「謝謝你為我做的一切。」

「拜託~別這樣，我最怕這種連續劇一樣的對話。」

芙美姐兩手在臉前面揮動拒絕，可是環姐很固執，手完全不縮回去，最後芙美姐輸了，露出猶豫的表情，回握了她的手。

「我一開始好失望，我來這裡想見到的不是這種人。」

環姐手還握著不放。

「不過，現在我很慶幸能見到你。能見到芙美，真好。」

芙美姐慢慢眨眼，眼角微紅，露出溫柔的微笑。

「……謝謝，這是妳第一次這樣叫我。」

開店的時間到了，所以只有我一個人送環姐去車站，兩人並肩走著。

「沙世，真的謝謝妳。給妳帶來很多麻煩齁。」

「哪有，很開心。」

「騙人，妳覺得我是個討厭的女人，對吧？」

被她突然這樣一說，我不禁抖了一下。環姐在旁邊偷笑。

「妳現在表情超好笑的，沙世真的表情很多，想什麼都寫在臉上。」

「蛤？呃。」

我慌了，兩手摸摸自己的臉，我完全沒發現啊。

「啊哈哈，好好笑喔，妳自己真的沒發現啊。吵死了、怎麼這麼任性、麻煩死了，這些都寫在臉上喔。」

不會吧。看到我驚呆的樣子，環姐笑到不行，擦著眼角的淚說：

「我一直想利用芙美——高橋先生，完全沒有要回應人家的心意，卻跑來要人家證明他的愛，真的是個討厭的女人，沙世當然會冷眼看我。」

「呃，那，那妳都知道，為什麼還會跟我在一起？」

明明也可以住站前的商務旅館，她卻拒絕了，明明可以不必擠在我的小房間裡啊。

「妳的表情像是被拋棄的孩子，就忍不住想陪在妳身邊啊。啊，這裡的米果好好吃喔，我們來買。」

跟上次相反，我在原地呆若木雞的時候，環姐買來兩片米果，把其中一片遞給我。

「我看起來是那種臉嗎？」

眼神落在雪一般的粗粒雙目糖上，我開口問。環姐咬著米果，發出脆脆的聲音，點點頭。

「明明看我的眼神很嫌棄，當我道晚安的時候妳會鬆一口氣，我如果說一起回家吧，妳看起來也會很高興，妳也說過，我在有幫助，對吧？我想一定有什麼原因，所以選擇待在妳身邊。」

我覺得很羞愧，沒辦法抬起視線，沒想到一切都被看穿了。

「可是我也自顧不暇，雖然知道沙世在承受一些痛苦，可是我什麼都幫不上忙，對不起。」

我猛然抬起頭，米果已經吃掉差不多一半的環姐，笑得有點落寞。

「我是個沒有餘裕的失敗女人，雖然知道，卻什麼辦法也沒有，沒辦法聽妳訴說煩惱，也沒辦法陪妳一起痛苦，明明這些事妳都為我做了，雖然臉上寫著『這女人真麻煩』，妳還是接納了我。」

環姐把波士頓包放在地上，用空出來的手在外套口袋裡搜。

「這個，妳拿著。」

環姐拿出的是一個信封，我遲疑地接下。

「裡面有我的地址和手機號碼。手機現在沒帶在身上，馬上會修好，之後就可以用了。」

「呃，好。」

「隨時歡迎妳來找我。覺得孤單或痛苦的時候就打給我，半夜或清晨也沒關係，我們好好聊一聊，也讓我接納妳吧。」

我訝異地看著她的臉，環姐笑得神清氣爽，笑容裡有我從沒看過的溫柔。

「講成這樣，其實搞不好是我想利用沙世，我也希望妳能聽我抱怨。」

「謝、謝妳……」

喉嚨深處感覺有什麼湧上來，我咬著粗糖米果，硬是把它一起吞下去，把口感極佳的米果咬碎，慢慢嚥下，然後再說了一次謝謝。

「我覺得妳不會相信，雖然看起來是那樣，其實我還蠻喜歡環姐的。」

我說出真心話，環姐回：「我知道喔。」

「所以我們可以共處啊，我知道我也有妳喜歡的地方。」

到了車站前，她深深一鞠躬。

「路上小心，有什麼事要聯絡喔，我隨時可以去找妳。」

「謝謝，那，再見囉。」

環姐說完，先轉身面對車站，馬上又返回。在包包裡找了一下，拿出來的是那張褪色的明信片。

「這個，妳幫我保管，沙世。」

「嗯？為什麼？」

「這樣我就可以隨時跑回來，說我來拿忘在這裡的東西了，對吧？」

環姐頑皮地笑著。

「不需要啊，妳隨時都可以來玩啊？」

產前產後，隨時想來就來吧，不嫌棄的話，住我家也可以。可是環姐笑著搖頭：不是那個意思，我想把這裡當作我可以回去的地方。所以，請妳永遠幫我保管著，麻煩妳囉。

環姐把明信片塞進我手中，這次真的離開了。

凝望一下把她吞噬進去的車站建築，我轉身離開，一手按住外套接縫，另一手拿著明信片。

「欸？沙世是妳啊。」

竟然有人喊我，一抬頭，看到幸喜子在前面。

「怎麼了？跑腿嗎？」

「不是，到車站幫人送行。之前提到的，在藍緞帶的孕婦回去了。」

「哦？是喔，結果到最後都沒見到面。欸？那不是藍緞帶的照片嗎？」

幸喜子發現我手上的明信片，我邊點頭邊交給她，她接下，說好舊喔，然後發出「哇～」一聲歡呼。

「好懷念喔，這是開幕當時送給認識的人的明信片，我也有收到，不知道放到哪裡去了。」

「咦？這樣啊。」

「而且，討厭啦，超懷念的……」

聽到幸喜子的喃喃自語，我不敢相信自己的耳朵。

我用力撞開門，坐在廚房椅子上看報的芙美姐抬起頭，邊摘下看近用的眼鏡，邊皺起臉來：

「怎麼了，沙世？開門可以再溫柔……」

「文雄先生。」

表情從芙美姐──高梁文雄先生的臉上消失。

用盡力氣跑過整條商店街的我，邊調整呼吸邊繼續：

「文雄先生。真正的重史先生……已經過世了吧？」

芙美用力閉上眼。唇縫間擠出一句為什麼。我舉起幫環姐保管的明信片。

「幸喜子看到這個，說這是小史的名字。」

她說懷念的時候，我不懂那是什麼意思，問她怎麼回事，幸喜子看我這麼激動很訝異，不過還是告訴我了。

小史在藍緞帶開張第三年就走了，他有惡性腫瘤，已經治療很多年了，一開始還有辦法來店裡，有時候還幫忙照顧啟太，不過漸漸也沒辦法了，最後進了長野的安寧中心。小史過世時，只有小芙、我、其他少少的幾個人，就我們這些認識的人一起幫他舉行喪禮。

果然，芙美姐用全身大大嘆了一口氣，就那樣閉著眼，問我：環小姐呢？

「環姐完全不知情，是我跟她分開以後的事。」

「是嗎……妳去掛一下臨時休店的牌子，把門關上。我現在沒心情開店了。」

我乖乖照做，突然想起，拿起窗邊的五彩鰻，看了一下那黃色身體腹部一帶，寫著shigehumi。

昨晚看到這個的時候，我覺得很奇怪，明明寫得像是創作者署名的感覺，為什麼會是芙美姐的名字。

「……為什麼你要對環姐說謊？」

「因為重史託我這麼做。」[4]

她站起來，開始準備沖咖啡。磨豆機發出嘎嘎聲響，我拿著五彩鰻和明信片在吧台邊坐下。

得了惡性腫瘤，知道自己來日有限，重史辭掉了工作，說是餘生想開心過。講是這樣講，結果他一直在我身邊支撐著我。我說想開店，他跟我一起到處奔波，沖繩也陪我去了。我說我想當五彩鰻，說「那就當啊」的也是重史。他說，這是你的人生，想怎麼活就怎麼活，與其看著你這麼痛苦，我更希望你活得有笑容，你變成五彩鰻一定會很可愛的。真的是，再也找不到這麼棒的男人了。

他寫那張明信片時候的樣子，我現在還記得很清楚，他看起來非常高興，說：環小姐會來嗎？她會許什麼願望呢？可是人一直沒來，重史的病情日益惡化。後來嚴重到連到這裡工作都有困難，他就刻意進了離這邊很遠的安寧中心，要我跟其他人說他去了很遠的地方，他生病的事絕對別讓人知道。

有一天，重史跟我說，如果環小姐來了，希望你不要跟她說我死了，請你假裝是我，現在這種裝扮的你，環小姐一定不會發現。我希望你能代替我實現她的願望。

很蠢吧？環小姐的事我都不知道被迫聽了幾次，說什麼人很美，笑起來很迷人，在賓館被她吻的時候覺得死也無憾了。明明只是被人家利用，卻講得一副好像是他人生最美好的回憶一樣。那種女人怎麼可能會來？就算來，許的願望一定也很扯。

可是重史堅持要我假裝自己是他，怎麼勸他都聽不進去。

我已經快死了，可是我想活在環小姐心裡，環小姐說過：「如果你一輩子放我在心上，我也會一輩子記得，記得世界上某個角落有一個人喜歡我，在此刻這一瞬間也念著我，在下雨的早晨、倒霉的一天結束時、或是開始討厭自己的瞬間，我就會回憶這件事——喜歡我的那個男人不知道現在在做什麼。」所以，只要環小姐活著，我也就還活著。

那傢伙為了環小姐，靜悄悄地走了啊。他明明應該讓更多人送他走的，他的死應該好

4 譯註：「高橋」和「高粱」的日文發音皆為takahashi；「重史」的日文發音則為shigehumi。

好讓更多人惋惜、哀悼的，他卻沒有這樣做。

然後在死前都還在說，環小姐什麼時候才會來呢？唉，當時應該跟她上床的、真應該多說幾次他喜歡她。盡是在講這些……

咖啡杯放在我面前，拿起，輕輕喝了一口，跟平時比起來，稍稍淡了些。

她出現在這裡，報上名字的時候，我懷疑自己聽錯了，因為我早就放棄了，一時之間不知道該怎麼辦。那時候在考慮，告訴她「重史死了，到死的時候都還一直掛念著妳喔」是不是比較好。

可是，一想到重史說不定還活在她心裡，我就說不出口了。如果把真相說出來，重史這次就會真的從世界上消失了，我想守護住活在環小姐心裡的重史啊。

下起雨來，窗上落下溫柔的雨滴。我希望就這樣下起豪雨，讓雨霧和雨聲暫時藏起這個人的心意。

「環小姐說，之所以把這張明信片留給我保管，是因為她想把這裡當作回去的地方。」

芙美姐抬起頭來。

「重史先生還會再回到這裡的。」

「再、回來這裡嗎……」

妝掉了的那張臉笑了，對我點點頭。

芙美姐，你賦予了重史先生新的生命，在環姐心底靜靜呼吸的重史先生，化作「芙美」重新誕生。在環小姐心目中，重史先生會以超乎本人想像的分量活下去。我覺得芙美姐已經從「女蛹」變成黃色五彩鰻了。

口觸杯緣，緩緩嚥下。

在我內心深處，多年我一直不斷探索的記憶水底，那天的瞬間突然緩緩被勾出水面。

「因為我可以繼續活下去。」

他是這樣說的。

「只要有沙世在，我就一直會在。」

這就是我沉浸在書本中時，略過我耳邊的話。

我永遠都不會知道男友死去的理由，今後我還是不會停止追尋那個理由吧。在失眠的夜晚、淚濕枕頭醒來的清晨，這個念頭都會浮現，帶給我痛苦。不過，現在我覺得我稍稍獲得拯救了。

因為化為黃色五彩鰻的女人讓我領悟了。

男友在我心中，換了一個姿態泅泳著。

在一個不知名的小車站，我離開了爸爸。

我想應該是一輛朝海行駛的四節電車。夕照燦燦的無人月台，下車的只有幼小的我跟母親，我小聲喊「爸爸」，我的聲音被電車發車的通知樂聲蓋過，緩緩地，但無情地，門關上，把我們和父親決然分開。

對待沒辦法共生的人，這樣就好了。

邁開步伐時，母親的話從上方傳來，使我全身顫慄。那是一種冰冷至極的聲音，找不到一絲絲溫度。我把牽著的手重新牽好，抬頭看母親，原本凝望逐漸遠去電車的母親，視線落在我身上，暮光照射下的表情，難以捉摸。

唯子，妳如果跟爸爸做一樣的事，最後也會像那樣喔。

還沒上小學的我，並不懂「ㄍㄨㄥˋㄕㄥ」的意思，但媽媽試圖表達的意思，我懂了。我也可能會隻身被丟棄到遠方。

妳現在很~清楚了吧，唯子？

我怕得幾乎要哭出來，但努力忍住，不停地點頭。母親看起來只有嘴角的部分清楚浮現，在那彷彿赦免般溫柔上揚的嘴角，只有一滴或許是放心的眼淚落下。

父親的去向，我不知道。

宇崎說，當他覺得自己必須冷靜的時候，會看到「記號」。眼前會浮現手掌形的記號，告訴他「右手放這邊、左手放這邊喔」。

「把兩隻手疊上去，不可思議地，情緒就會鎮靜下來。不這樣做的話，就會一直浮躁躁，無法沉著，所以我都這樣把手放在記號那邊。」

他這樣說，然後示範給我看，把兩手並排在大大的方向盤上。青筋凸起的大手乖乖地併攏指頭並排在那裡，在那個瞬間，手一動也不動，然後又馬上握緊了方向盤。晒黑的手背上，青色的血管拉出了一條條鼓鼓的路。

宇崎說自己小學時代完全沒辦法乖乖坐在椅子上，是那種課上到一半也照樣會衝到校園去的問題兒童，所以上課時會被強制綁在椅子上。

「腹部跟腿會用像皮帶的東西固定住，因為要學習，所以兩手是自由的，可是我怎麼可能乖乖地學習？也沒辦法，就玩桌上的東西——丟丟橡皮擦或鉛筆，還把課本揉得皺巴巴的。我記得好像也有大吼大叫、還唱歌什麼的。一年級的班導師是很年輕的女老師，我把她弄到大哭說她沒辦法了，得了那個叫什麼？神經衰弱嗎？我記得好像有這麼回事。然後，升上二年級，導師人超好，那個時候大概四十多歲吧，總之是個大叔，他跟我說，來跟老師比賽。」

聽好喔宇崎，這個比賽很簡單，就是在桌上畫出手掌的形狀，把自己的手放上去不動。如果上課的時候，你沒辦法撐到五分鐘不動，老師就贏了，如果可以不動，就是宇崎贏。老師贏的話，你就要再挑戰一次。宇崎贏的話，午休時間老師就陪你玩，你想玩什麼都可以，所以我們來比賽吧，宇崎。

「等我可以忍住五分鐘後，又升級變六分鐘、七分鐘，就這樣，時間一點點加長。」

這項奇妙的比賽持續到入秋，不知不覺，宇崎已經可以坐在椅子上，不止於此，漸漸變得能正常聽課。

「這個故事是真的嗎？聽起來有虐待之嫌的部分，很難輕易相信。」

我把手放在自己膝上，歪著頭，就這麼簡單的方式，真的嗎？

「我幹嘛騙妳？我爸媽後來每年給那個班導中元節和歲暮的贈禮從來沒斷過，說：感謝您幫了我兒子。搞不好現在還在送。」

嘻嘻。宇崎一笑，就會露出虎牙。

「終於可以跟人家一樣坐在椅子上，這一點我很感謝他，雖然腦袋並沒有變好，好歹高中也畢業了。」

前方交通號誌轉紅燈，車緩緩停下。原本眼睛直視前方的宇崎，臉轉向我，補了一句，而且還可以像現在這樣找到工作。

「宇崎你開車很穩，讓人很有安全感，好難相信你曾經是個坐不住的孩子喔。」

「嘿嘿，謝謝。」

宇崎笑得臉皺成一團，那個臉有點可怕，他長得一臉凶相，活像以前祖父看的時代劇裡面壞官員的手下，眼若銅鈴，嘴唇薄而血色不佳，然後，位於中心的大鼻子緩緩往右彎，身高雖然不是特別高，卻像摔角選手一樣壯，不講話站在那邊的話，會給人極大的壓迫感，我第一次見到他的時候，也不由得發出尖叫。

我們是在半年前認識的，粗略地說就是宇崎來跟我搭訕（雖然宇崎堅持他只是來跟我說話而已）。地點是工地現場入口，有許多載了大量土壤的傾卸卡車出入。我邊吃餅乾邊看著傾卸卡車進進出出，他跑來問我：「妳是在這裡吃灰塵嗎？」

「呀……啊，是沙、沙布列。」

我發出像是遇到怪獸般的尖叫聲，為了掩飾，趕緊把正在吃的餅乾拿給他看。那時候是三月初，還有點冷，他穿著丹寧連身工作服配虎紋毛背心，戴著毛茸茸的針織帽，白毛巾像圍巾似的圍在脖子上，這身打扮，加上前面說過的一臉凶相，要不害怕很難。

「是喔。吃什麼是無所謂，在這種到處沙塵的地方吃會變難吃吧？是說，妳看起來也一臉難吃的表情。」

「啊，不是，我只是吃膩了而已。這是我上班地方的產品，有很多要廢棄的，丟掉又很可惜，所以……」

連沒必要講的都講了，我慌忙閉嘴，實在是嚇到了。

「蛤？我不知道妳在講什麼，不過反正妳換個地方嘿。」

雖然有點粗暴，這個男的語帶溫柔，然後來回看著我跟工地現場。

「啊，該不會，妳是不是想在這邊工作？難道妳會操作重型機械嗎？以妳那個體格？」

「沒、沒有啊。那個，我只是在看而已，看卡車和傾卸車。」

「蛤？看這些，好玩嗎？」

我看的時候已經小心不要妨礙他們了，可能我在這裡很礙眼吧，我趕緊試圖離開，結果手腕被抓住，這次我沒有掩飾了，直接尖叫出來，那個男的也大叫，立刻放開我的手。

「現、現在是怎麼了？如果打擾到你們，我道歉。」

「不是不是！我只是想跟妳說妳不必走，還有，既然都來了，想說要不要帶妳到更近的地方看。」

男人指著稍遠處亮著警示燈的傾卸車，問我要不要坐上去看看。

「副駕駛座，從這邊應該看不到裡面在幹嘛吧？」

這回換我來回看著他跟工事現場，男人恐怖的臉上浮現類似笑容的東西。

太可疑了，怎麼可以跟第一次見面、而且還是長得這麼恐怖的男人獨處呢？如果有人點頭，就只能認定他缺乏危機管理能力了。

結果，我就是缺乏，因為三分鐘後，我已經搭上人生第一次的傾卸車，整個人嗨得不得了。位置比想像中還高，視野遼闊，而且還整理得蠻乾淨的。

「這是我第一次搭傾卸車！哇，好好玩喔。」

「我覺得妳馬上就會膩了。總之現在我會先上山載土，再回到這裡。」

傾卸車緩緩出動，它的力量強勁，讓我聯想，鯨魚在海裡前進的時候大概就是這種感覺吧。我不禁嘆了一口氣。

「好厲害、好厲害。」

直到剛才都從遠處眺望的景緻，現在自己身在其中。我可以看到比以往只能想像的風景更遼闊的地方。看妳高興得跟小朋友一樣。我帶著興奮，整個人開心地前傾，這個男的在我旁邊一臉愉快地開車，有時會幫我說明工作內容什麼的。

彼此自我介紹是在傍晚他工作結束的時候，我得知他跟我一樣三十二歲，他跟我說，如果還想搭他的車可以隨時開口，然後把手機號碼給了我。

之後我大約一個月就會跟宇崎聯絡一次，請他讓我坐進他的副駕駛座。宇崎搬運的是砂石或事業廢棄物等，會去各式各樣的地方，有些地方我坐在旁邊也沒問題，有些地方則會說沒有許可證就不能進去，我必須在入口等。不管去哪裡，我總是不斷眺望著那些聚集又四散的大型車。

宇崎從不嫌我煩，總是會接受我的請求。前一天晚上或當日早晨，我跟他聯絡，問能不能讓我坐他旁邊，他就會告訴我，那妳到哪裡哪裡去，我去接妳。然後，他總是很紳士，當然可能只是我沒有女性魅力，總之，從來沒有演變成微妙的氣氛。他工作結束後，就會在最近的公車站讓我下車，說聲再見就走了。

這次也是，完成工作後，宇崎就直接送我到公車站。

「謝謝你每次都讓我搭車，這不成謝意，給你。」

遞給宇崎的紙袋裡面有一大堆包在透明塑膠袋裡的沙布列，就是我第一次遇見宇崎時吃的沙布列，第二次見面時，我拿現金給他，請他補貼油錢，他不肯收，說如果我堅持要送些什麼的話，給我妳之前吃的那種沙布列好了。我跟他說那小事一樁，後來給了他滿滿一袋，他很開心，說好吃好吃，我就每次都會帶給他。

「這次的也是破掉的，不過我挑了比較完整的來。」

「可以吃就好了，不過看到臉上沒傷痕的，的確蠻開心的，像這片特別美。」

已經把袋子打開的宇崎，拿出形狀漂亮的一片，那片沙布列的造型是張大嘴的阿形狛犬[5]，單腳擱在小小的球上。不知道是不是這個造型狛犬的設計妙趣所在，鼻子有點歪，宇崎特別鍾情於它，每次都很開心地說：我就是覺得這隻特別有親切感啊。

「什麼嘛，這隻不是只有尾巴缺了一點點而已嗎？這樣也不能賣喔？」

「不行。會變成員工的點心，大家吃不完的話就會被丟掉。」

「這樣很可惜耶。」

「對啊。不過，現在宇崎可以幫忙吃掉很多，不是很好嗎？」

宇崎笑了。最近開始覺得他仔細看還蠻討喜的，這張臉很可愛。

「妳再跟我聯絡吧，再見。」

「好，下次見。」

宇崎兩口就把狛犬吃掉，然後發動鯨魚離開了。目送巨大車體消失在夕陽中後，我大大吐了一口氣。我把埋進包包底部的手機拿出來確認，通知顯示有幾封郵件進來，我覺得很消沉，用力搖搖頭，然後一封一封看。

「下班回來的時候記得買蛋、蔥跟吐司麵包。盡量早點回來喔。」

看到母親寄來的最後一封郵件，心情一下子沉重起來。回信打到一半，公車來了，我先上車。還好公車很空，我在單人座位上坐下。

---

5 日本神社入口兩側有神獸狛犬，張著嘴的是「阿形」，閉著嘴的是「吽形」。後文提到的「阿像」也是指阿形狛犬。

從比宇崎的傾卸車低的位置，呆望著開始流動的景色，染成橘色的街道上，隱約浮現出我自己的臉。

隨著年紀增長，我越來越像父親。小時候明明像母親像到大家會笑說我是母親的縮小版。我避開那雙眼睛，將視線落在膝上，靜靜把雙手並排在上面，當然我是看不見記號的。

櫻門製菓的主力產品是擺出各種姿勢的可愛狛犬造型沙布列，是本縣代表性的甜點之一。大家都說外觀好看，口味絕佳，酥脆的口感讓人上癮（雖然我早就吃膩了，甚至覺得味道單調難吃）。或許是因為包裝以紅白色調為主，許多人視它為喜慶餽贈禮品的最佳選擇。有一個煞有介事的傳聞，據說可以把繞著注連繩[6]的阿像當作護身符，它是金榜題名的狛犬，可以帶來好考運，每年考季一到，全國各地都會來下訂單。

櫻門製菓工廠位於一個山間小鎮，是一棟充滿清潔感的雪白巨大建築物，位於小鎮北側山的半山腰一帶，可以俯瞰小鎮全景。這間工廠女人多到我覺得鎮上一半的女人都在這裡工作。每個禮拜周一到周五，時間一到，工廠就會吐出好幾台員工交通巴士，穿梭在小鎮各處，一個接一個吞下在車站等待的眾多女人，然後離去。

當然也有男性，不過女性佔壓倒性多數，工廠就靠著這些女性員工運作下去。從看起來像高中剛畢業的年輕人、到已過花甲之年的人，各種年紀都有。搭著交通車聚集而來的女人，到了工廠就會一口氣被放出來。穿著跟建築物同樣雪白的作業服、前往自己工作崗位的樣子，彷彿雪白的魚群，像我小時候跟爸媽一起去水族館時看到的沙丁魚群。這些魚會在固定的時間，製作出幾百幾千片沙布列。

這個小鎮沒有主要產業，這間工廠帶來重要的收入，女人們會用在工廠賺來的錢買衣服、在晚餐多加一道菜。說這話的本人我，也是櫻門製菓的正式員工，靠這份薪資維生，而且是從高中畢業進工廠到現在，已經十五年了。我負責的部門並不是當家花旦狛犬沙布列，而是第二受歡迎的狛犬最中餅，確認最中餅包裝是我最主要的工作，機械會把填了飽飽內餡的最中餅包裝得很漂亮，不過有時候包裝之際會壓到最中餅，或是包裝紙破掉等，我的工作就是要把這些有問題的產品挑出來，以及補充包裝紙。還有，種類有紅豆沙、白豆沙、抹茶餡三種，也必須隨時掌握好當下生產線上的種類。要把塞滿包裝好最中餅的搬運籃搬到台車上需要花相當大的力氣，我剛調到這個部門時，有一陣子都為腰痛所苦。

每個部門不同，有的部門蠻熱鬧的，我在的地方很安靜，只有輸送帶小小的馬達

6 日本神道教中區隔出神聖空間的繩飾，界內為祭神之地，邪魔無法入侵。新年時日本人會在家門口懸掛注連繩來迎神、避邪。

聲，還有紙摩擦的沙沙聲；人也少，所以幾乎聽不見人聲。時間跟眼前流動的最中餅以等速前進。

「島田，妳身體已經沒問題了嗎？妳昨天請假對吧？」

突然有人喊我，一看，是製造部課長立野。他的身材活像信樂燒的狸貓，比我大六歲，規定戴著的口罩裡現在一定在微笑。這個人總像是打從心裡似的面露穩重的微笑。

「對，不好意思，貧血有點嚴重。」

我低頭道歉，立野大方地說不用介意，接著四下張望，然後音量大幅壓低，不安地看著我的臉：之前我說了一些責備妳的話，增加了妳的心理負擔吧？

「對不起，我這麼急，畢竟是人生關鍵性的問題，妳要考慮多久就考慮多久吧。」

眉頭出現深深的刻紋，映出我的眼瞳閃爍著不安。

立野在一個月前跟我求婚，地點是比工廠更高、靠近山頂、以風景自豪的義大利餐廳窗邊的位子。他邊遞給我一束以淡藍小花——琉璃唐棉——為主的大把花束，一邊說：我不會讓妳經濟困窘，家事我很擅長、不會都丟給妳，也有存款，不至於讓妳吃苦。大型連假的時候一定安排旅行，啊啊，我知道妳喜歡旅行，不管妳想去哪裡我都會帶妳去，所以，請嫁給我。

非常值得感激的條件，我沒什麼專長、就只是每天過著眺望最中餅的日子，沒有任何有趣的地方，並不是那麼多人會跟像我這樣的人說，我們一起共度人生吧。可是我跟他說，希望能讓我考慮一下。

然後，前天他說，是不是該回覆他了。唯子妳在考驗我吧？妳難道不明白我是一片真心嗎？跟我交往以來，他第一次對我粗聲講話，他現在道歉，應該是在講那時候的事吧。

「不是啦，兩回事。我只是那個老毛病。」

我也小聲、但盡可能開朗地回答，立野明顯露出鬆一口氣的表情。

「這、這樣啊？我知道妳生理期都很不舒服。還好嗎？今天要不要我送妳回家？」

「我吃了止痛藥，已經沒事了，謝謝你還擔心我。」

我對他微笑，立野說那就好，用全身吐了一口氣，ＸＬ的工作服，肚子那邊稍微膨脹起來、又縮回去。

「唯子，接下來的周末有空嗎？我們去吃個晚飯。妳想吃什麼？倒也不算嚇到妳的賠罪禮，不過，妳想吃什麼我都請客。」

「太好了，那，燒肉。我是不是應該說我要吃鄰鎮的華樂園呢？」

我提了這一帶最高級的店名，立野看起來很高興，眼睛瞇成縫。

「當然可以啊，那妳繼續加油，不要太勉強哦。有什麼事馬上告訴我。」

摸摸肚子左側，立野開心地離去。

「妳跟立野剛才在聊什麼？」

立野一不見人影就跑來問的是實希。實希的工作跟我一樣，我是第一生產線，她是第二。

「昨天我請假，他只是問我身體恢復了嗎。」

「呵呵。立野真的好愛妳哦。當事人應該覺得自己沒有公私不分，可是他的愛好明顯，畢竟到這把年紀才終於交到女朋友嘛。」

實希一直偷笑，我也跟著笑。

「你們交往要兩年了吧，他應該差不多要提結婚了？」

「實希妳直覺好敏銳，前陣子他跟我求婚，不過我請他等等。」

「啊？真的嗎？我想說『恭喜』，可是，妳為什麼要叫人家等？他的愛太沉重了嗎？」

「哈哈哈，照妳這樣講不是得分手了？因為結婚的消息會被拿來大肆宣揚，我可能是還沒做好這個心理準備吧。」

我聳聳肩。

這間工廠到現在已經誕生幾十對情侶，有一半以上已結婚，實希也在三年前跟生產管理部的村迫結婚了。公司很鼓勵員工之間結婚，不但可以以低廉的價格租用合作飯店的宴會會場，好像還可以領結婚禮金，不過同時，會被半強迫地在內部通訊報上華麗報導一番。我還記得實希笑得可愛到令人驚豔，村迫吻在她臉頰上那一刻的照片，被跨頁刊登在上面。

「妳想想看哦，是我跟立野哦，刊登一張大特寫能看嗎？」我對立野的外貌從來就沒有不滿過，因為我自己也不是什麼值得別人讚賞的外表。瘦巴巴的身材，平凡而沒有特徵的臉。化上妝可能還算像樣，但也不會高於標準值。如果嫌棄立野，要求他瘦一點，那我自己也必須再胖一點，長點肉才行。

我並不是要貶低自己或立野，只是覺得，我們兩個盛裝拍照秀給大家看究竟有什麼意義。

「叫立野減肥不就好了，我覺得小唯現在的樣子就夠可愛了啊。」

「妳的讚美我感激收下，不過我真的很怕那些事。我根本不想辦婚宴，可是立野好像覺得一定要辦。」

哈~地嘆了一口氣。立野絕對比我還憧憬結婚。

「應該說，真心話是我還有很多事得考慮。」

「像是什麼？」

實希眼睛閃閃發亮，一副興致盎然的樣子，我苦笑，設法說得不要太沉重。

「像是如果跟立野結婚，我就注定到死都得待在這裡了，之類的。」

「蛤？」

實希的眼睛很大，她不可思議地轉了轉那雙大眼睛，然後咯咯笑了出來。

「討厭啦。妳意思是說妳已經不想工作了，對吧？那妳就更應該快點結婚，變成專職家庭主婦就好啦。至於公司通訊報，只能忍耐了，妳就想，十年後會成為紀念就好了。」

實希邊笑邊回自己的生產線去了，同時，第一生產線通知包裝不良的警鈴響起，我用手排除勾到機械邊邊、有點破損的最中餅。心中有一個聲音：不是，不是這樣。

不是這樣——我害怕的是下定決心留在這裡到死。

在口罩之下，我小聲吐出這一句。在這個白色水族箱、在比它大一點點的、叫做小鎮的水族箱中活下去，到死為止。那不是壞事，是「生活在社會上」這種理所當然的事，以前我也是這樣活過來的，今後也會稍稍改變形狀，繼續下去，不過如此。沒什麼好害怕的。可是，問題是……我把無意識中捏扁的最中餅，扔進廢棄箱裡。

周末，吃完燒肉，回程我先去了一趟立野家。長年獨居的他，房間總是很整潔，不知道是不是因為我要來，他的床鋪了上好漿的平整床單，沒有一絲紊亂。我們在那裡坐下，交換有薄荷口香糖和微微蒜味的吻。他像剝水蜜桃皮般小心翼翼地脫下我的衣服，興奮地呼氣。啊，如果每天妳都在這裡，我該有多幸福。我會一直等妳，希望妳跟我結婚。吸著厚實的舌，我突然想：一結婚，這個地方、他，就會變成我的日常，我們會在這個房間架構「夫妻」這個小社群，度過每一天，或許有一天會生小孩，增加到三個人，搞不好還會變成更多人，然後大概就會去買棟自己的房子什麼的吧。

想到這裡，我突然感覺到一層薄薄的恐懼，一種彷彿看漏了什麼巨大東西般的不安，包覆住我的皮膚，令我發抖，我不知道理由是什麼，可是很害怕。

「唯子……不舒服嗎？」

我愣愣地思考原因，他不安地問我，我發現自己好像完全沒濕潤。曖昧笑了一下：沒有啊。可能生理期剛結束，狀況不是那麼好。

「那就好。那，要停嗎？」

「不會，舔我好嗎？沒關係的。」

我看著立野的眼睛說，他高興地點點頭，把臉埋進我腿間。隨著像魚到處跳動的濕潤，感受到甜蜜的疼痛，呼氣。

沒關係的。是什麼沒關係呢？跟他做愛？讓這件事變成日常？還是結婚？我不知道。立野做愛的方式充滿奉獻精神，感覺很好，我並不討厭，這可以說沒關係嗎？但也不到非他不可的地步。例如宇崎那種渾身肌肉的身體，感覺做愛會很狂野，一定也很棒，嗯？為什麼這邊會輪到宇崎上場呢？

不知何時侵入我的立野，動起來像顆充飽氣的球彈跳著，早洩的他，大概是為了滿足我吧，露出痛苦的表情，歪著臉努力忍住。不知道這種時候宇崎是不是也會看見記號，例如出現在我的兩個乳房上面之類的。我想像他把那雙粗獷的手，規規矩矩排在我一躺下就完全扁平的乳房上，差點笑出來。怪了，怎麼在這種節骨眼上我一直在想他呢？隔著保險套，我感受到立野在我裡面結束，這個瞬間，盤踞在我腦海的也還是宇崎。

今天是開始跟宇崎見面後第一次遇到雨天。約好的日子，前一天晚上天氣還非常好，到了早上，卻轉為整個街道覆上一片灰濛濛水霧般的傾盆大雨。據說雨天不能搬運花崗岩土，所以只好放假，不過宇崎還是開著傾卸車到約好的地方來接我。

「今天停工，沒辦法帶妳去工地，這一點要包涵喔。」

不過他特地去交涉，請老闆讓他用車，我道歉說對不起讓你特地這樣費神，他一派輕鬆地說反正沒事、沒問題。我載妳去以前沒去過的地方，雖然這天氣可能也沒辦法看風景就是了。

我望著他別具特色的凶惡側臉，心想：真詭異。現在在他身旁，我明明不會想跟他上床，到目前為止也從來沒演變成那種氣氛，為什麼那時候我會一直想起這個人呢？

「幹嘛？小唯，妳幹嘛一直盯著我的臉？」

「沒事。欸，我們去一下便利超商吧，好歹讓我陪個罪，請你吃點什麼。」

我買來吃喝不完的飲料跟食物，還買了無酒精啤酒，我們在停車場乾杯。我笑問現在是為什麼而乾杯，他也笑：敬雨天兜風不就好了？我也從來沒有在休假的時候開傾卸車兜風過。

不過明明放假，他還是穿著丹寧連身工作服，我指出這一點，他毫不在乎地說，因為不必想要穿什麼，所以總是穿這個。

「制服之類的，很輕鬆所以我很喜歡。啊，我開車了。」

他露出明顯喉結一口喝乾飲料，然後緩緩開動車子。一經過積水的地方，就會濺起大片水花，彷彿破浪前行。平時就已經會讓我聯想到鯨魚了，下著大雨的現在更特別容易有這樣的錯覺，我愣愣地想像悠然泅泳鯨魚的姿態。

「不過我講的制服，學生時代我只穿改造過的，我那時候流行的是長蘭跟文旦褲[7]吧。該說不良少年嗎？有點皮的都會穿那樣。」

[7] 「長蘭」及「文旦褲」都是日本不良少年穿的變形制服，長蘭定義不一，指長度為八十～一百公分以上的學生外套；文旦褲則是大腿部分肥大、膝下越來越細的學生褲。

「喔喔，一般說的改造學生服對吧？你小時候果然很皮。」

回過神來，我拿起一直捏著的罐子，小口小口抿著裡面的飲料說。

「我也常打架，妳看，我鼻子不是歪的嗎？」

他用手指點了點鼻尖，我點頭。

「這個是那時候去挑釁當地最惹不得的傢伙，打輸的傷疤。」

「什麼？怎麼回事？」

「我以為只是傳聞，實際上應該沒什麼了不起，結果超不妙的。他唯一會用的，是那種只有清楚怎麼毀掉一個人的傢伙才做得到的扁法。我真的覺得自己會被揍死，那時候。」

他會反覆揍出小傷，然後把那些小傷慢慢擴大，弄到無法收拾的大小為止。我的鼻骨就是這樣被弄到碎得很複雜。宇崎邊說邊滑了一下自己臉中心的曲線。

以學生鬧事而言，真的是太過火了，打成這樣已經不是打架，是犯罪了吧？太過分了。我忿忿不平，他側眼看我，繼續說：

「結果救了我的是那傢伙的女朋友，可是，原本該打在我身上那一拳打到他女朋友臉上，我超愧疚的。後來聽說她傷得很重，前排牙齒掉了幾顆。」

「蛤?!這太差勁了吧……那個女朋友，跟那個人渣分手了吧？」

動手打女孩子，完全不是個男人。宇崎曖昧地點頭。

「那傢伙後來不知何時從鎮上消失了，可是我離開當地的時候，女朋友還在，我想應該是分手了。」

「意思是那個男的拋棄他女朋友嗎？雖然分手是對的，但這種結局我不能接受，那個男的會遭到報應的。」

妳說報應嗎？宇崎笑了。那我的鼻子也是吧。

「畢竟我在那之前也是凡事都靠暴力解決，我認為這就是我付出的代價。不過那個女孩沒有做任何壞事，我實在很對不起那個女孩。」

雖然是超過十年前的事了，遭受到連臉都變形的嚴重暴力，宇崎說起來卻一臉若無其事，一定要比的話，他看起來還比較擔心（大概）分手之後的女孩。我開始覺得自己一個人在那邊生氣好像是我弄錯了什麼，硬是把還有半罐以上的飲料一飲而盡，拉開第二罐的拉環。

「我住的地方多少也有一些頑皮的孩子，不過聽了宇崎的話再回想，會覺得完全是小意思。原來這一帶那麼猛。」

宇崎居住的這個地方是規模很大的市區，有高速公路交流道，也有新幹線車站，學生時代我連來都沒來過，雖然我們同年齡，這裡的事我一無所知。

「不是，我不是這一帶的人喔？」

宇崎說了一個我沒聽過的地名，一問之下據說是北關東一個小鎮，從這裡開這輛傾卸車去也會輕易花掉好幾個小時，相當遠。

「咦，原來如此啊。」

我自己從小就沒有離開過出生長大的城鎮，下意識主觀認定宇崎也如此。

「那，你是因為工作關係而搬過來的？」

「是沒錯，不過可能跟小唯想像的不太一樣。我高中畢業後就馬上離開小鎮，之後就一直邊換各種工作邊移動。」

比方說我想一下喔，宇崎說了幾個地名，有些離這裡近，有些在九州較偏僻的地方。他說，自己一直在卡車司機這個業種中，就是不斷更換服務的公司和地點而已。

「我是怎麼到這裡來著……啊，去年的現在，在關西當中距離駕駛時認識的大叔介紹我過來的。」

「為什麼你要這樣做？」

我將嘴從罐子上移開，問他，我有察覺自己的聲音下意識變得很尖銳，可是無法制止自己提問。

「有什麼理由讓你非這樣頻繁換地方住嗎？高中時期發生什麼事——是不是那個你說

惹不得的人害你待不下去之類的？」

「哈哈，跟那傢伙除了這個鼻子事件以外，就什麼都沒瓜葛咯。一定要說個理由的話，大概是我討厭那個地方吧，待在那邊很不能適應。」

下雨的緣故，視線不清晰，宇崎開起車來比平時更謹慎，慢慢行駛在淋濕的路面上。宇崎看著前方，邊想邊說：

「不對……啊，也不是。應該是一直待在一個地方，就會開始覺得痛苦。在同一個地方住了一陣子，總有一天會非常渴望離開。」

「渴望離開。」

「對，渴望離開。不想待在這裡，必須趕快離開，去找一個待起來舒適的地方，滿腦子都是這樣的念頭，整個人坐立不安無所適從。」

很傷腦筋齁。宇崎毫不在乎地說，看起來很愉悅。

「搞不好我其實到現在都還沒辦法好好坐在椅子上……哇！小唯，啤酒灑出來了。妳的衣服！」

宇崎大叫的同時，也搶走了我的罐子。我反應遲鈍地低頭看大腿，丹寧布上已經濕了一大片，看來連這麼冰的東西被我灑出來我都沒發現。

「毛巾給妳，快點擦一擦。」

「謝、謝謝。」

我乖乖地用他丟過來的毛巾擦膝蓋，手有點發抖。

「妳在幹嘛啦。已經沒事了嗎？」

「……我，有認識跟宇崎一樣的人。沒辦法固定在一個地方生活下去，我有認識這樣的人喔。」

「蛤？」

大概是遇上紅燈了，我感覺到車子緩緩停下，可是我沒辦法從濕掉的大腿上把視線抬起來。

「小唯，妳怎麼了？」

大大的手掌砰的落在我頭上，我匆忙抬起頭，擺出笑臉。

「啊，沒有，沒事，對不起。」

「不是要妳道歉，妳突然一副快哭出來的臉。」

宇崎雙眉之間擠出深深的皺紋。他應該是在擔心我，可是看起來就像是在生氣，我心想，這麼體貼，這個人真吃虧。

「哎唷，怎麼說，叫心理創傷嗎？像是被那種東西直直擊中的感覺。」

我試圖哈哈笑兩聲，可是辦不到，可以感覺到自己表情僵硬。

「是什麼？妳那個心理創傷。」

綠燈了。宇崎轉向前方，再問了一次同樣的問題。

「……爸爸。」很快地說了這個詞，很久沒有放在舌頭上的稱呼。

「我父親，跟宇崎說了一樣的話，然後人就不見了，在我還小的時候。」

「蛤？真的假的？」

宇崎露出苦澀的表情。傾卸車奔馳在寬廣的道路上，現在要去哪裡呢？

「從我會走路的時候，他開始會突然離家。一開始是半天左右，慢慢拉長成一天、三天、一個禮拜的樣子。我母親問他為什麼要這樣，他回答說怎麼也無法克制想離開的衝動。」

家裡有幼兒的一家之主，會不斷地突然消失、久久不歸。公司也被解僱、存款也耗盡，到這個地步父親還是沒辦法抑制那份衝動。每次回來，他都看起來滿懷歉意，說以後再也不會了，然後又消失。那時候母親總是在哭，邊哭邊問為什麼可以丟下我們。

「最後媽媽帶我回娘家，告訴爸爸他不必回來了，而爸爸也真的照做，就這樣離開了。」

跟父親離別那天的事我還記得很清楚。大概是為了留下回憶吧，三個人去了水族館。我們露出感情融洽理想家庭的表情，看了海豚表演、逛完很多水槽。一回憶起那些像銀色流星雨的魚群、輕飄飄浮游的水母、長相恐怖的深海魚，連當時雙手那種完全被包覆的溫暖都會被喚醒。然後，在水族館入口，企鵝看板前，我們分手了。漸漸溶入日暮昏暗中的父親並沒有回頭看我們，母親也像是斬斷什麼似的轉過身，只有我交互看著雙親漸行漸遠的身影。

「後來呢？妳爸就此行蹤不明嗎？」

「死掉了。」

在我要上小學的兩個月前，警察通知我們父親死了。在四國的不知道哪裡，工作中心臟病發作，就這樣死了的樣子。

「他是長距離卡車駕駛，聽說當時正在高速公路休息站小睡，不是開車時發作真是不幸中的大幸。」

「是……喔。」

我父母戶籍上還是夫妻，所以他們來通知我媽。

「聽說我父親的父母——也就是我的祖父母——早就過世了，也沒有兄弟姐妹，所以父親死後，可以處理後事的只有我母親。我們兩個一起去了四國接父親。」

水族館的記憶還很鮮明，但那時候的事模模糊糊的，我不太記得了。我應該有面對父親的遺體，可是當時的情景我一點都想不起來，只記得在母親身邊做了很多繁瑣的事，回過神已經跟著縮小放進壺裡的父親，還有抱著壺的母親，一起坐在搖晃的電車裡。

那是四國的哪裡呢？還是我住的城鎮附近——也搞不好是這個市區附近。車廂內除了我們空無一人，只有靜靜傳來電車奔走在軌道上嘎噹、嘎噹的聲音。暖氣很強、很暖，臉頰一帶甚至覺得熱，廣播傳來下一站是什麼什麼海岸的時候，原本深深坐著的母親突然站起來，說：「唯子，下車囉。」

不習慣長途旅行的我，已經筋疲力盡，半睡半醒，揉著眼睛望向窗外，是一大片鮮豔的晚霞，鮮豔到幾乎令人害怕是不是熊熊烈火在燃燒。

電車滑進車站月台，門開了。母親把原本一直抱著的裝著父親的壺輕輕放在位子上，牽起我的手，然後就這樣丟下父親下車了。

「妳的意思是，故意把遺骨丟棄在電車上嗎？」

我點頭當作回答。電車朝向猛烈火焰般的夕陽飛奔而去，父親已經變成又小、又渺茫的小石頭了，卻還要繼續被燃燒下去，沒有人要救他，幼小心靈想著：啊，爸爸要去地獄了。

——不能共生的人，這樣就好了。

對於無法停留在一處，不斷到處流浪的父親而言，這是母親給他最大的懲罰吧。一直帶給母親痛苦的父親，被母親送進了地獄。

「哈哈，很猛耶，小唯的媽媽。」

宇崎全身抖了一下。

「所以，我聽到宇崎的話，想起父親的事。」

「原來如此，原來如此。」

宇崎一邊不住點頭，然後僅僅一次，把雙手整齊並排在方向盤上。行進了一段路，出現道路標誌，傾卸車轉彎，朝寫著濱海公路的相反方向前進，抵達的是一座以楓紅聞名的自然公園。只是下的並不是適合享受雨中散步的溫柔細雨，一直到昨天應該還很美吧，地面黏著紅黃的葉片。

我們把車停在沒什麼車子的停車場一角，吃起飯糰。我一邊看著雨滴用力打在窗戶上，一邊大口咬著鮪魚美乃滋飯糰。宇崎吃的是高菜飯糰，眼珠子轉啊轉地到處張望。

「我問你，宇崎，移動到新城鎮的時候，是什麼感覺？」

「啊？嗯……很落寞。」

「很落寞？」

「會想說：這邊也不對啊，就很落寞。而且一個人離開也會覺得有點空虛。」

是喔。我簡短回答，繼續啃飯糰。

「我跟你說，宇崎……」

「欸，小唯的手機是不是在響？」

宇崎用下巴指了指我的包包。仔細一聽，的確有震動聲。

「大概已經響了幾次了，妳看一下吧？」

「喔，好。」

在我把手機從包包拿出來當中，鈴聲停了，一看，滿滿都是媽媽的電話和簡訊通知。

「為什麼？」

打開最上面的簡訊，我嚥了一口氣。耳裡響起尖銳的耳鳴。

「妳又跑走了嗎？」

「小唯，怎麼了嗎？」

「喔……呃，我媽……對了，嗯，身體不舒服的樣子……」

手在發抖，母親發現了。可是，她怎麼發現的？我明明都安排得很周全才出發的。

「妳馬上回來。」

「她叫我回去。」

「哇，糟了。我送妳回家，妳家在哪？」

「很遠，不用了。你送我到附近哪個公車站就好。」

「不用客氣，我今天反正休假。」

繫好安全帶，宇崎一副隨時要把車子開上路的樣子，問：「妳家在哪？」這時候手機又震動起來，是母親傳來的簡訊。

「小唯，妳臉色很差，妳媽狀況那麼糟嗎？我盡快送妳回去，快告訴我地址。」

「那你送我去電車站。」

「蛤？什麼啊，妳家在車站附近嗎？」

「到我家搭新幹線要兩個小時。」

宇崎瞪大眼睛：兩個小時？妳說兩個小時嗎？小唯妳專程從那麼遠的地方過來的喔？為什麼？

「反正你先送我到電車站就對了。」

我把手機電源關掉，塞進包包，宇崎不時斜眼瞄我，默默把傾卸車開出去，一直到車站，我們都沒有再交談。

「我跟我爸一樣，也總是有離開的衝動。」

下車時，宇崎似乎想說什麼，我只丟下那句話，然後關上車門。

回到家，母親衝出來，看到我的臉，用全身上下嘆了一口氣。「唯子，唯子……太好了，妳回來了……」

母親就這樣全身一軟，癱坐在地上，雙手掩面哭了起來。虛弱的哭聲在玄關迴盪。

「對、不起……」

「妳還騙我說要在立野家過夜，公司還請假，唯子，妳真的就那麼想去嗎？想去到丟掉媽媽、丟掉一切嗎？」

「對不起，我再也不會離開了……」

母親瘦弱的背肌肉緊繃，正在痙攣，我跪坐在母親面前，邊摩挲背部安撫她邊說。

我想離開這裡，去別的地方看看。我什麼時候開始有這樣的衝動呢？第一次順著那份衝動，離開小鎮，是高二的暑假。不過是在沒人認識我的地方到處走逛，我就感覺到呼吸變得輕鬆，世界彷彿雲靄散去，一片光明，原本沉重的身體變得輕快，我覺得自己可以到任何地方，到處走、到處繞，像是追尋世界的盡頭。當我覺醒得要回家的時候，已經過了午夜零時，我嚇得臉色蒼白。因為來到比想像中還遠的地方，交通費已經不夠了，看到我走得筋疲力竭、憔悴不堪的樣子，母親哭得撕心裂肺，唯子，妳為什麼跟妳爸爸有同樣的表情呢？

我才想問為什麼。低頭看著腳邊哭泣的媽媽，我毛骨悚然。

「我再也不會犯了。沒事了。」

我不停拍撫母親的背，她突然揮掉我的手，我震驚於她力道之強，她用力搖頭：

「妳騙人！全都是騙人的。妳一定還會走，帶著跟他一樣的表情離開，完全不顧我的傷心！」

我感到心痛，現在我明白，父親並不是說謊，他只是不找一個可以呼吸的地方會活不下去，克制不住那種衝動罷了。他只是很痛苦而已。

可是，我不能把父親的那種「痛苦」說給母親聽，母親不會樂見我可以理解父親的心情，這只會讓她傷心，只會讓她的痛苦倍增，擔心我是不是也會跟父親一樣離開。

母親抓住我的左手腕，用力到讓我吃驚。她抬起頭：唯子，呼喚我的母親，眼睛染成鮮紅，鮮紅的眼瞳為了不讓我逃跑，緊緊抓住我不放。

「唯子，妳結婚吧。」

指甲陷入我的肉，我越是試圖脫離那份痛楚，指甲越是深深刺進我的肉裡。皮膚幾乎要裂開的痛讓我臉都扭曲了，可是母親一點也不肯放鬆。

「妳要跟立野結婚，生寶寶。妳是女人，只要當了母親，一定不會像妳爸那樣。快結婚吧。」

「媽，媽媽……」

手腕好痛，我喘不過氣來，眼底發熱，滲出淚珠。不要再這樣了，不要再說了，我都知道。

「不這樣做的話，最後會只剩妳一個人啊！」

只剩一個人。這句話成了關鍵，終於引我落淚，眼淚慢慢滑過臉頰，在下巴凝成小小的水滴，掉落在地上，我心想：它們怎麼不是紅色的？明明這麼痛苦。

「……我知道，我知道，我不會變成像爸爸那樣的。」

所以，我不是每次都回來了嗎？

我扳開緊緊掐住我手腕的手，把母親抱在懷裡。

大約過了十天左右，有天晚上我接到宇崎的聯絡，這是第一次他主動跟我聯絡。

「妳明天要不要來？上次半途就結束了，要不要去兜風？」

宇崎沒有提到那天我說的話。

「這麼突然，怎麼了？」

「我差不多想移動到下一個地方了。」

他講得好像要去一下便利超商似的一派淡定。

「這邊亂糟糟的，我覺得住起來不方便，正想著時期也差不多了，正巧下一份工作也談好了。」

「你、要去哪裡？」

「從這邊上高速公路的話差不多一小時左右的地方，然後啊，小唯，」

「什麼？」

電話彼端傳來小小的「咚」一聲，然後他說，還是見面的時候再說吧，電話就斷了。

第二天，我裝作要去上班，要離開玄關時，來送我的母親神色充滿懷疑，那份懷疑並沒有錯，我幾乎要被罪惡感擊潰。

「我出門囉。」

「……唯子，妳聽我說，」母親握住我的手，她涼涼的雙手包住我的左手腕，左手腕上有好幾道新月形的傷痕。

「媽媽，怎麼了？」

我聲音有點發抖，母親直視我的那雙眼瞳裡，有跟我小時候當時同樣的光芒。

「別逼媽媽再做一次那時候的事，好嗎？」

我硬撐著，幾乎要跪坐下去，背上一陣涼，心想自己臉上的表情一定也跟那時候一樣吧，但我仍然努力點頭。身為人，跟其他人一起活下去才是正確的路，不要走偏了，母親如此說，然後目送我出門。

一度幾乎要在去公司專用的公車站牌前停下腳步，結果我還是繼續往前走了。只要還會回來就好了。我這樣說服自己，然後又走過幾站公車站。已經有好多女人在那邊等著前往水族箱，眼角餘光中的她們看起來很平靜，我眼眶一熱。我到底有什麼跟她們不同？為什麼我沒辦法像她們那樣平穩地過日子？明明覺得必須留在那裡，我的心卻因為遠離而安心，它一定是哪裡故障了。我感受著背後的她們，卻沒有回頭。

「——嗯？今天是貨車啊？」

在約好的地方等候，宇崎出現的時候，開的不是平常的傾卸車，而是鷗翼式大貨車。

「嘿嘿，帥吧？」

從駕駛座俯視我的宇崎，笑得得意洋洋，像個炫耀玩具的孩子。

「妳先上車就是了，坐起來比以前的舒服，還有臥鋪，很寬敞喔。」

宇崎招呼我上車，先一個一個展示了自豪的特色，才發動車子。

「今天是跟平常不一樣的工作嗎？要運送什麼？」

我看著他的側臉問。宇崎難得地邊開邊哼歌，服裝跟平時沒什麼不同。

「今天沒工作，應該說，之前的地方已經辭掉了。」

「蛤？真的嗎？那這台是……」

「這台會是我下一個工作的工具，我要開長距離卡車。」

他輕輕拍撫方向盤。

長距離卡車。對，這就是我一直以來想坐的車，爸爸到臨死前一直在開的車種。

「主要會送貨到九州，回程也會載貨，沿途在各地卸貨。搞不好也會去四國。」
「這樣變好遠喔。」
我落寞地吐出這句話，有氣無力，連我自己都嚇一跳。
「是沒錯。欸，妳進去看看啦，很寬敞喔。」
平常開車都穩重小心的宇崎，明明在開車，卻把我趕進臥鋪，我從駕駛座跟副駕駛座之間滑進後面。
「好像膠囊旅館喔。」
鋪著墊被，腳邊有摺好的蓋被，在有皺摺的柔軟床單上，放著宇崎常穿的虎紋毛背心，枕邊有觸控式照明、還有遮光窗簾，我拉上窗簾，立刻出現一個相當舒適的空間。
「很讚吧？裡面。」
拉開窗簾，宇崎猛然回頭，嘿嘿笑。妳可以暫時待在裡面，待到抵達目的地為止。
「目的地？今天有特定要去的地方嗎？」
「算是吧。」
貨車上了高速公路，繼續奔馳。宇崎不告訴我要去哪裡，不過講了一些自己住過地方的趣聞，像是配蘿蔔泥的蕎麥麵很好吃啦、看到互撞神轎的祭典很興奮啦什麼的，畢竟他移動了那麼多次，話題源源不斷。

最後我們到達的是電視上也介紹過的大型休息站，偌大的停車場車停得滿滿的，不過，那些車像遊戲場景一樣，以秒為單位不斷快速交替位置，像是厲害的玩家在玩拼圖遊戲一樣。大型車的停車位空出來了，宇崎緩緩滑進。

「這裡就是目的地？」

「嗯。其實晚上會更好。妳過去一點。」

宇崎關掉引擎，也擠進臥鋪來，我們並排坐著。手腳沒地方伸了，我抱著膝蓋坐，宇崎盤腿。

「欸，小唯，妳從這裡往外看。」

我循著他粗手指指的方向望過去。

三層樓、有觀景台的建築物周遭有很多人，各自到處走動，女廁前有人在排隊，有一家簡易店鋪，立著關東旗，上面寫著極品醬油糰子，附近有三位初老女性邊走邊吃糰子。自動販賣機區旁邊設有吸菸區，身穿深藍騎士外套的年輕男子急切地吐著煙，他沒多久就熄了菸，起身離去。

「沒有任何事物滯留，對吧？」

我想了想宇崎簡短的話，點頭。

這裡沒有任何事物滯留，空氣也是，人也是。

「對啊，好像『淵』。」

以前在課堂上學過，水流湍急的叫做「瀨」，緩慢的叫做「淵」，在那裡水流僅稍稍停留，是魚兒休憩的地方。

我自言自語似的小聲這樣說，宇崎高興地說，對，就是那個，我就知道小唯會懂。

我們兩個不知向外凝視了多久，宇崎開口。

「以前，我曾經跟認識的人共駛長距離卡車，就那麼一次。」

「是喔。」

我看著眼前的人流車流回答。宇崎也是，視線沒離開過車窗外，繼續往下說：

那時候比現在還冷，是會下雪的時期，在新潟縣的不知道哪裡，半夜兩點左右，我們進休息站休息。小睡片刻後，我突然尿急，就去廁所。然後在自動販賣機前，我看見他們了。

他們？誰啊？

打歪我鼻子的傢伙跟他女朋友。兩個人邊吃冒煙的泡麵邊笑。

咦？他們不是分手了嗎？而且為什麼人會在新潟？

我想是因為我在想她現在不知道過得怎樣，不然的話，就是我睡醒腦筋不清醒。可是啊，我那時候超高興的。

我把臉轉向宇崎，他一臉懷念的樣子，瞇起的眼睛非常溫柔。

「那個女生啊，一臉幸福得不得了的樣子，我很高興。」

「你……是不是喜歡那個女生？」

「嗯。」

宇崎毫不猶豫毫不掩飾地點頭，嘿嘿，地笑出聲，笑容看起來比平時稚氣。

望向自動販賣機區，的確有賣泡麵的自動販賣機，我試著在那邊放一對想像中的情侶，機器照亮了那對分享溫暖的男女，宇崎看著他們，一臉開心的宇崎返回卡車，再次回頭，微笑。太好了，我小聲說。

「很不錯，那個景象。」

非常不錯。聽我這樣說，宇崎害羞地搔搔鼻頭，開始說。之前聽了小唯爸爸的故事，我就想起這件事，然後不停思考。我能活下去的場所，或許就是這裡。在什麼都不留、什麼都不淤積的這個場所，我可以喘口氣，看看珍視的人事物的幻影，感覺一點幸福。這或許是我最容易活下去的方式。

珍視的人事物、幻影。到底看得見嗎？覺得蠢的同時，我也突然思考，如果我也看得到，那麼出現的會是什麼？我想看到的，是什麼？

瞬間浮現的是一家人。父母，還有小女孩三個人的家庭。

「……我也看得到嗎？幻影。」

「看得到。」

宇崎立刻接住我的話，回答，我輕輕瞪他。

「哎唷，你連想都沒想就在那邊回答。還是說，有什麼根據讓你講得這麼肯定？」

「有。我覺得小唯看得到。」

「為什麼？」

看他講得信心十足，我歪頭看他，他露出虎牙笑了。

「小唯妳受不了空氣和人停滯不動的感覺，對吧？停留在一個地方，妳會感覺到漸漸沉積的汙濁，開始痛苦、無法動彈，我開著卡車，妳搭著新幹線，我們都在不斷尋找能喘口氣的地方。」

我不由得屏住呼吸，你在說什麼？我什麼時候跟你講那麼多了。

「因為我跟妳一樣，所以我懂。」

他用大大的手輕撫我的頭：妳一定很不好受。我也是，我都懂。大家都知道要怎麼活，我們怎麼偏偏活得這麼辛苦啊。

「你在說什麼啦。」

我情緒激動，眼眶發熱，他歪掉的鼻子模糊起來。

每次都在想，是不是離開那個小鎮越遠，我才越能放鬆，腳就擅自動了起來，這樣的自己讓我很痛苦。我想，在父親過去的選擇中，是不是會有也能讓我自在呼吸的東西，所以才到處追尋大型車眺望，我問自己，這樣做正確嗎？一直得不到任何人理解的事，為什麼這個人會懂？

我靜靜發抖落淚，宇崎不停撫摸我的頭，然後，感覺到手突然離開了，他忽然把雙手並排在我眼前。隔著大大的手，我聽到聲音。

「……我說，小唯，妳要不要跟我走？」

「蛤？」

我大吃一驚，手的另一側出現一張臉。

「我想跟小唯一起走。」

那張臉上有著從來沒見過的表情，我還在訝異當中，臉慢慢靠近，心想：啊，下一個瞬間，嘴唇已交疊。

我想跟小唯一起走。

我跟宇崎，一起走？

他的唇離開，我過度驚嚇，眼睛瞪得大大的，宇崎的臉在很近很近的地方，近到我可以清楚找到鼻子歪曲的起點。

跟我走，小唯，我們可以一起開著這台卡車，到處移動，尋找彼此可以呼吸的地方。環遊休息站好像也很好玩。車裡可以改得再方便一點、像移動客廳的感覺，如果找到喜歡的地方，試著住下來也行，小唯又不舒服的時候，我們就馬上移動，到妳喜歡的地方，不分南北。

宇崎的話讓我從耳朵開始覺得舒服，有種暈眩的感覺。那是一幅多麼幸福的畫啊，搭上這台貨車，到處尋找能順暢呼吸的地方，有時讓或許看得見的幻影分一點幸福給我們，用這種方式活下去。從一直背負著的苦痛中獲得解放，再也沒有值得憂心的事。

去哪裡都可以嗎？不會再痛苦了嗎？我看著宇崎的眼睛問。

「是啊，哪裡我都會帶妳去，妳想去的地方，哪裡都行。」

啊。我想：那是曾幾何時也有人對我說過的話。那個時候，我的心明明不像此刻如此震撼，實在不可思議。粗獷的手指用力擦著我的臉頰，我才發現自己淚流不止，眼睛和臉頰都發燙。

「好，我想去。」

一旦說出口，我激動得像是心臟即將爆破，宇崎緊緊擁我入懷，力道之強，那個瞬間我幾乎無法呼吸，我發出噎到的聲音，宇崎趕緊放開我，慌張地向我道歉：對不起啊，我拿捏不住力道，忍不住就……看著他狼狽的表情，我笑了，看著又哭又笑的我，宇崎也笑了。一顆心輕飄飄的，從來沒想像過竟然會有這樣一天，可以逃離痛苦。太不可置信了，如果說這只是一場夢，我一定會相信。微笑靜靜沉寂，宇崎擺出嚴肅的表情，注視著我，拉上窗簾，周遭瞬間展開一片微暗，柔和的光線輕輕流瀉，彷彿置身於晨靄之中。當這扇窗簾再度拉開，或許覆蓋在我世界的薄霧也將散盡，會展開一個全新的世界。宇崎用手掌包覆我淚濕的臉，他的手很大、很暖。大大的眼睛突然變細，我看到溫柔的皺紋，他輕輕吻了我一下。

「我好高興。我第一次遇見跟自己一樣的人。」

「我也是，我也是。」

「小唯，妳不是幻影啊。我們真的相遇了，今後也可以一直相守。除了高興，我不知道還能說什麼，總之我好高興。」

「嗯，我也是。」

我也很高興。我們像剛學會接吻的青春期孩子，狂亂地吻著彼此。可是——

「就在這台貨車裡生活吧，就我們兩個。」

他輕咬我下唇並如此低語時，不知為何我突然彷彿被狠狠打了一巴掌，全身僵硬起來。

我以為是心理作用，不過結果是真的，彷彿要揭曉答案一樣，熱度從我全身逐漸消退。漸漸冷卻的腦中想著：啊，跟立野那時候一樣。我想起他那好脾氣的笑容，同時，千思萬緒湧上心頭。

——不能共生的人，這樣就好了。

啊，媽媽，原來妳是這個意思。

「小唯，妳怎麼了？」

宇崎大概發現我不對勁了，開口問。看著他浮現疑問的表情，我胸口彷彿被掐揉似的一陣劇痛，但我還是開口了。

「……我不去了。」

「蛤？」

「……對不起，對不起，我不能去。我想起來了，今天出門的時候，我跟媽媽說我會回去。」

我無法正視宇崎的臉。我很想去，那個念頭確實存在，但我沒辦法去。不對，是我不可以去。

「不去嗎？不跟我一起去？」

聽見宇崎降溫的話語，我無力地點頭，跟剛才完全不同的淚就要奪眶而出，我拚死忍住，因為這時候哭太狡猾了。

「我不想變成像爸爸那樣，所以我總是會回家。」

每當我想不顧一切走掉，腦海就會浮現遠去電車的景象。在火焰中被運走的、父親的巨大棺材。不管走了多遠，我都會想，如果最後會是那樣的結局，我必須回家，我不能變成那樣。

「與其追尋輕鬆度日的地方、到處徘徊，我必須學會在那個小鎮呼吸的方法。我想起來了，我想要學會停留在一個地方。」我搓著左手手腕，媽媽掐出的指甲痕開始疼痛，我並不想讓媽媽做出這種事，我也很清楚被遺棄在身後的悲痛。

「我在尋找可以抒解痛苦的方法，可是，不會是跟爸爸一樣的方法。」

我看著宇崎，他像在努力接納我說的話，直直地回望著我，然後一度用力閉上眼，又馬上睜開，稍微拉開了身體。

「我知道了。」

我小聲道歉，宇崎說，妳是對的。

回程我們幾乎沒有再說話。

我大概再也不會看到這樣的景色、也一定不會再來這個城市了。看著流逝的景色，車站近了。我知道這也會是我最後一次見宇崎了。他喊我：

「嘿，小唯，我教妳活下去的方式吧。」

我訝異地看著他，宇崎直視前方，又說了一次同樣的話。

「你知道嗎？」

「知道。」

他把貨車緩緩停在路肩，面對我，把兩隻手整整齊齊伸了出來，我眼前有兩個手掌規規矩矩地並排在那裡。

「把手疊上來看看。」

「這樣嗎？」

我把手疊在那雙足以完全包覆我手的大手上。

「當妳有衝動想離開時，深呼吸讓自己冷靜下來，多做幾次也沒關係。把這兩隻手掌當作小唯的記號吧。」

「宇崎的手成為我的記號嗎？」

「對，所以要記清楚喔，只要多反覆幾次就沒事了，我就是一個證明。」

「哈哈，對耶。」

透過交疊的手，我望向宇崎。

「加油，小唯。」

「嗯。」

啊啊，一次也好，我怎麼沒有好好摸一下這個畫出緩緩曲線的鼻子呢？

「我一開始覺得宇崎好可怕，不過現在覺得好可愛。」

「我是一開始就覺得妳很可愛。」

「所以才來搭訕嗎？」

「就跟妳說只是去跟妳講話而已。還有那個啦，是沙布列太好吃了。」

「呵呵，這樣啊。那，我走囉。」

「喔喔。」

我緊緊盯著交疊的雙手，想把這一幕烙印在視野中，然後，離手。

「再見。」

下了貨車，仰望天空。太陽即將落下，天空染成一片橙紅，鮮豔的顏色，跟幼時的那天一模一樣，夕陽那彷彿巨大火焰即將沉沒般的激烈色調，染遍了街道每一個角落。

背向火焰，強而有力駛出的貨車，巨大的貨車，留下像是出海鯨魚噴氣的聲音，遠離而去。不知道我是被遺棄的那一方，還是遺棄的那一方。

貨車的影子轉眼只剩小小的一點，再也看不見的瞬間，我腳往前踏了一步，奮力按捺想拔腿飛奔的衝動。定睛凝望遠方，突然眼前出現兩個手掌，比我大一圈、爆著青筋的手掌浮在半空中，我嚇了一跳，眨了好幾次眼確認，然後慢慢地，把自己的手疊上去。反覆深呼吸，感覺內心終於風平浪靜的瞬間，逐漸消失的手掌對面，看到歪曲的鼻子。

「哈哈，我的記號上怎麼黏著奇怪的東西啦……」

我笑彎了腰，不過那也立刻消失了，取而代之的是落在柏油路面的水滴。

喂，誰來告訴我。不只是地方，我也無法忍受人群，就連僅僅兩個人的群組，對我而言要去建構都很痛苦。告訴我，我到底是哪裡故障？明明想要在人群中活下去，明明不想走散，為什麼就是辦不到呢？明明我是如此渴望。

——不能共生的人，這樣就好了。

母親的話在耳邊響起時，我懂了。啊啊，我也跟父親一樣，連人群中都待不下去，我可能繼承了跟父親同樣的個性，所以母親刻意示範給我看，讓我目睹父親的下場。

我憋著不讓自己哭出聲，手機震動了一下，小小的震動音讓我稍微回過神，從包包中取出手機。有一則簡訊，是宇崎傳來的。

「希望有一天可以在某個休息站看到小唯。」

他是指偶遇嗎？還是指夜半的景象？我擦著眼淚想，又進來一則：

「誰都好，希望看到的是有人相伴、能夠微笑度日的小唯。」啊啊為什麼？為什麼這個人對我如此瞭若指掌？而，明明如此，我又為什麼……

竭力忍住想大叫的衝動，望向貨車消失的方向，不待我傳喚，兩隻手再度浮現，我狂亂地將自己的手疊上去，然後反覆深呼吸。一個年輕女孩經過我身邊，用訝異的眼光看我，然後超前離去。

「什麼叫誰都好，這樣你可以接受嗎？」低聲說出口，輕輕笑。我知道，他會笑著說可以啊。我對他好歹還有這個程度的了解，他就是這種人。

然後我慢慢打字回覆。

「一定可以看到的。」

不知道會是什麼形式，不過，我也希望能再會。不然，他教我「記號」就沒有意義了。

手機再度震動，看了一下，這次不是宇崎，是立野傳來的，我突然請假沒上班，他擔心我的身體狀況。

「對不起，明天會去上班，以後我會加油，盡量不請假。」我會靠著你給我的「記號」活下去，相信有那麼一天，我會在水槽中、在魚群中微笑。

今天我生日，是個天氣晴朗的星期天，我覺得正好適合赴死。

早上起床，拉開窗簾，炫目的光線射入，蟬兒正在大合唱，遠方公園傳來孩子們天真無邪的笑聲，不知哪裡響起吉他樂聲和小鳥鳴囀，從房間就能感受到各種生物的躍動，我閉上眼，站在原地無法動彈。一直在想什麼時候做這件事，離開這個世界，再也不會有更適合的日子了，就今天赴死吧，什麼？不會不安啊，就算明天早上，站在窗邊的這個女人從世界上不見了，世界依然會多采多姿地運轉。

心滿意足後，我轉身將視線挪回室內，地上散著酒杯的玻璃碎片，紅酒像血沫般四處飛濺，映像管電視上黏著馬鈴薯沙拉，真皮沙發上有書本和土倒出來的植物盆栽。廚房一角有我昨晚蜷曲在那邊睡的毛巾被，上面沾著炸牛肉排的殘骸，這景象實在太慘，我忍不住笑了出來，同時嘴裡的劇痛讓我臉都歪了，可能昨晚被打的時候嘴巴裡面刮傷了。

不知何時起，我已經搞不清楚我先生憤怒的啟動鈕在哪裡，似乎我被毆打的這件事本身會啟動他的憤怒，不過在我被打之前應該還有啟動鈕讓他對我揮拳，那就更搞不清楚是什麼了，或許我的存在本身就是啟動鈕吧。

原本覺得我的婚姻非常幸福，開始出問題是在小孩死產之後。那是婚後三年歷經三次流產，好不容易順利長大的寶寶。快要足月的時候，前一天為止還踢得我很痛的孩子，突然不動了，經歷了理所當然的生產之痛，生下的是個男孩，他有一張好可愛的臉蛋，軟乎乎的，但一動也不動。無法接受事實，在分娩台上大叫的時候，如果能再放掉一點理智，我應該早就發瘋了。火葬後，我兒子的骨骸是那麼若有似無、那麼不確實，連想好好撿個骨都沒辦法，我邊哭邊蒐集那些骨灰，還是連小孩用的骨灰罈也裝不到一半，抱著微溫的骨灰罈，想著再也不會增加的重量，除了哭，我別無他法。

我先生也跟我同樣期待孩子的誕生，懷孕中他對我無微不至、溫柔體貼地照顧我。失望的他，指責我是殺死孩子的元凶，妳已經四次讓小孩死掉了，妳的肚子是瑕疵品，真有妳的，居然敢殺我的小孩。他完全變了一個人，開始辱罵我、對我怒吼、拳腳相向。

昨晚晚餐前，他突然揍我、把我拖著走、打破餐具、打累了就出去了。一定是去情婦家了，他把失去小孩的委屈激起的熔岩般憤怒發洩在我身上，讓愛人撫慰他冰似的哀傷，藉此設法撐下來。我知道他只不過是無法面對無處可逃的現實，可是我也有我的極限。雖然我本想辦完接下來的第三次忌日法事再說，不過，我再也撐不下去了。活著的時候沒機會抱過那些孩子，現在母親追隨而來，他們應該只有高興、不會責備我吧。

回神過來，自己正在擦拭沾染在米白牆上的紅酒漬，我停下手來。慌張回頭，客廳已經恢復平時的整潔、地上一片碎玻璃都沒有。我反射性地都收拾乾淨了，明明都要去死了，我在幹嘛？一邊偷笑，我一邊把抹布扔到餐桌上去。

在小小的佛壇裡供奉最後的佛飯和茶、告訴他們：媽媽馬上來找你們了，等我喔，然後開始進行出門的準備。死的時候太邋遢會很丟臉，我仔細化好妝（左邊嘴角有很大的瘀青，要遮掩花了好一番功夫）、穿了喜歡的夏季針織洋裝、戴上姐姐送我的寬邊帽，穿上先生說低俗不准穿的高跟鞋。不知道多久沒這麼雀躍了，心情像是要去期待已久的野餐。

「那麼，再見了。」

我從陽光射入的玄關對著微暗的室內，大聲說完後，關上門。

心情興奮愉悅地走在路上，之前完全忘了這種感覺。我面帶微笑跟錯身而過的人打招呼，不過，我可能真的是運氣很糟，離家三十分鐘後，為了赴死，等待去海邊巴士來的時候，我竟然又遇上他。

「啊……」

兩人同時出聲。

這個男人，明明長相機敏精悍，卻傻傻地把嘴巴張得大大的。身穿合身的褪色的卡其色T恤和褲腳磨損了的牛仔褲，很顯身材，散發出幾分灑脫的氣息，還有，不修邊幅的長髮。

會有這樣的巧合嗎？平時走到哪裡都不會碰到這個人，為什麼偏偏只有在這種節骨眼上，要遇到他？

「妳是……」

男中音聽起來打從心底訝異，他的聲音生動地喚醒了我跟他的過去。唉，這個人究竟要跟我糾纏到什麼地步才甘願？

不僅因為夏日的陽光，我眼前是一片白茫茫的霧。

每當我人生跌落谷底時，一定會遇到這個男人。第一次知道這個人存在的契機來自我先生的低語：「怎麼回事？真是不像話。」

「啊，對不起，因為要等很久，閒著沒事，所以忍不住就……」

大學附設醫院的婦產科都要等很久。來做定期產檢，三兩下半天就泡湯了，所以那天我帶了編織工具來，我正在為即將出生的寶寶織包巾織到一半。不知道性別，所以我選了男女都適用的明亮奶油黃的毛線，這條包巾應該可以在預產期前完成。

正在想是不是不該在這種地方織，我急忙要把工具塞進袋子裡，然後發現我先生的視線越過我，看的是更遠的地方，我循著他的視線回頭看，隔著玻璃是寬廣的中庭。

「妳看，櫻子，一個大男人頭髮留那麼長。」

我先生指著一座長椅，一個男的坐在那邊。在開始變紅的樹木下，他呆呆仰望著天空，頸周覆蓋著長長的頭髮。我小聲說：喔喔。

「本來以為會是一時的，現在慢慢固定下來的樣子。」

男人開始流行留長髮，已經是好一陣子以前的事了，我本來以為只有城市才會有，最近連這種鄉下小鎮也偶爾會看見。

「我很討厭那種人。不懂事理的年輕人就算了，那傢伙年齡跟我們差不多吧？」

我沒意識到那些細節，我先生用下巴叫我看，我仔細看，看來的確不像大學生，約莫三十多歲。我得到的印象是他的價值觀大概比我們自由吧。

「服裝也不修邊幅，浮浮躁躁的，那種大人真的不行。」

我先生輕蔑地說。他是國中老師，也是生活指導主任，特別費心矯正學生的服裝儀容，所以平時總是留心身為模範的大人應有的樣子。這種懷抱超越職務理念的部分，讓我很尊敬他。

「這孩子一定會教育得很好，因為他有個了不起的爸爸。」

「這不算了不起，我只是在生活中留心大人應有的樣子，以後我得活得更抬頭挺胸，畢竟我得當這孩子的範本。」

他那鼓起血管的手撫摸我的肚子，像是在回應他一樣，肚子砰的響了一聲，我想應該是用腳踢的，幸福的痛覺使我微笑，我先生則開心地垂著眉毛。

「櫻子，這孩子應該很聰明吧，妳不覺得他已經聽得懂我的話嗎？」

「呵呵，對啊，他像你，很聰明，好期待他出生。」

在我覺得幸福洋溢的時候，叫到我的名字了。我回應，設法從椅子上起身，慢慢往前走，一邊回過頭，中庭的那個男的還在仰望天空。

幾天後，孩子就死在我肚子裡。

第二次是死產後近一個月左右。

原本是為了生下孩子而定期前往的地方，在失去孩子後也得繼續定期造訪，不啻為一種酷刑。原本內心祥和撫摸著日漸膨脹的肚子度過的時間，化為惡夢。原本舒服的溫水，變成滾燙的熱水，試圖殺死我，連呼吸都覺得痛苦。大家都懷孕、生產，為什麼我卻沒有這樣的機會？

弔祭完死產的孩子後，我先生就開始跟我保持距離，漸行漸遠。之前他會設法排開工作陪我產檢，但死產後一次也沒陪我來。

我知道他也受傷了，我當然懂那種痛，不過還是希望他能一起來。像今天這種被醫師宣告以後無法指望有小孩的瞬間，多希望他能在旁邊握著我的手。

茫然回家的路上，我坐在路邊哭了起來。整排銀杏樹的葉子像細雨般落在我身上、覆蓋大地。原本多麼期待有一天親子三人走在這大自然編織的金黃地毯上，此刻我卻孤身一人。

乳房脹得硬硬的，帶著熱度，好像對失去的孩子有所依戀。如果不墊著紗布，奶水會從內衣裡滲出來。這個身體繼續在為孩子生產這麼多乳汁，卻再也沒用了，教人怎麼相信？理智也阻止不了我發出野獸般的嗚咽。如果不能生育，為什麼要讓我生為女人？

突然傳來一聲巨響。先是玻璃搖晃的聲音響，接著是女性的尖銳聲音。

「喂！你在做什麼？」

我驚訝地抬起淚濕的臉，環顧四周，只見前方香菸攤的玻璃櫃前坐著一個男人。裡面的老婦身體伸出來怒吼。

「大白天你就已經喝醉了吧？真受不了，想喝就在家裡喝吧。」

「吵死了，妳這個臭老太婆！講話不要這麼大聲！」

男子搖搖晃晃站起身來吼回去，那個魄力嚇得遠方的我縮成一團。我從來沒見過那樣對女性——而且還是老人家——怒吼的男子，世界上竟然有這種人，太可怕了，不過老婦人可能習慣了，面不改色罵回去。

「嫌我吵你就快滾。不要給我找麻煩，我要叫警察來囉。」

老婦手伸向櫃檯上的粉紅電話，男子大叫威嚇，一腳踹向旁邊的郵筒。看到老婦拿起話筒，他吐了一句「混帳！」然後離開。男人眉間皺紋緊鎖，看到他的正面，我吃了一驚，他就是我先生說不像話的那個長髮男子。

他粗暴搔著那顆看起來依舊沒整理的頭髮，腳步蹣跚。無意間掃過的視線，正好對上了還坐在那邊的我，我身體緊繃起來，男子走近，在我面前坐下，整張臉通紅，一陣酒臭味撲鼻而來。

「妳幹嘛癱坐在這種地方？」

或許是酒醉的關係，深黑的眼瞳渾濁，我感到彷彿望進微暗沼澤般無以名狀的恐懼。不快點離開不知道他會做出什麼事，我邊搖頭邊後退，可是我後退多少，他的臉就逼近多少。

「妳臉色不好喔。身體狀況不好嗎？該不會，妳也得了會死掉的病？」

說完，男子也不知道覺得什麼好笑，突然咯咯大笑了起來，是一種乾笑，令人不舒服，彷彿硬是擠出來的聲音，我背上一陣寒，心想：我必須快逃，一站起身，手腕就被抓住了，我發出小小的尖叫聲，緊閉上眼一瞬間，然後畏畏縮縮睜眼看他，先前扭曲的表情不再，眼神飄忽地捕捉到我。

「……那個，妳，能說話嗎？站得住嗎？可以的話描述一下症狀，前面有大學附屬醫院，我帶妳去。」

不知為何現在他似乎關心起我來，可是，總不能讓這種來路不明的醉漢擔心。

「謝、謝謝您的關心，我剛才在那間醫院看完診，沒關係，請您別在意。」

擦乾因驚嚇而停止的殘淚，我慌忙起身，同時突然全身無力，眼前一片黑，像電源被關掉的電視，我就此失去意識。

醒來時人在醫院病床上打點滴，護理人員低頭看我的臉，問我記不記得自己暈倒。

「妳惡露很嚴重，引發了貧血。不能勉強自己喔。」

我曖昧地點頭，用空著的那隻手撫摸下腹部，想起：對，出血到現在都還沒停。我的身體各部位現在是各自為政，失去孩子的子宮在流血，宣稱裡面什麼都不在了，乳房卻不想承認，繼續分泌乳汁。

「妳先生有來喔，既然他都來了，現在醫師在跟他說明妳身體的狀況，畢竟也必須讓他理解才行。」

我回答：啊。產科的治療室可能考慮到常有小孩來吧，有一些色彩繽紛的裝飾，純白的天花板畫著各色各樣的魚在海中游泳的姿態。海豚夫妻親密地依偎著彼此，小孩在周遭微笑。我呆呆望著，心想：現在我先生一個人在接受我覺得等同死亡的宣告嗎？

「請問，我是怎麼來到這裡的？」

「對了，對對對，你們認識嗎？跟妳年紀差不多的長髮男子揹妳過來的。」

護理師一臉嚴肅。不認識，我想應該是我快暈倒的時候剛好經過的人。我說到一半，護理師露骨地顯露出不悅。

「是一個醉醺醺很糟糕的男人！還好妳沒有受傷，他路都走不穩，說有多危險就有多危險。我告誡他，他還很可惡地大吼說：不要講這個了，快點照顧她。真不敢相信那樣的人也會想幫助別人。」

果然是他特地帶我來的啊。我想起失去意識前，看到他像是恢復清醒的表情，即使沒有醉意，他的眼神依然黯淡。

「請問，那位男性是這裡的病人嗎？我以前也在醫院裡看過他。」

「咦？真的嗎？可是我不知道，這家醫院太大了，沒辦法掌握住全部人的臉。」

護理師問周遭：有人知道嗎？大家都搖頭。

「好像沒人認識。啊，等點滴打完妳就可以回去了，妳再躺一下喔。」

護理師交代完，就去照顧其他患者了。

出了診療室，那個男的還在。一認出我，他大步走來，我很緊張，不過他問：還好嗎？樣子極為冷靜。臉上的紅已退，飄來的酒味似乎稍微淡了一些。

「謝、謝謝您的照顧，聽說是貧血，真不好意思，給您帶來麻煩了。」

「是嗎，太好了。」

原本幾近無表情的臉，略帶微笑，看起來十分穩重，很難相信跟剛才說是不是得了會死的病，然後笑得很異常的人是同一個人。

「呃，冒昧請問一下，您也是這間醫院的患者……」

「櫻子！」

我先生的聲音遮蓋了我的問題，回頭一看，他一臉不悅走過來，交互看著我跟男子，簡短地問：「他是？」

「喔，你也來跟人家道個謝，我從醫院回去的時候，在路邊暈倒，就是這位送我來醫院的。」

我伸手比了一下，我先生把眼睛瞇了起來，上下觀察了一下，微微收起下巴點個頭。

「那真是感激，內人給您添麻煩了，萬分抱歉。走吧，回去了。」

話剛說完，我先生就用力抓住手腕踱著我開步走。

「欸，那個，先等一下。」

「喂，等一下。」

我踉蹌了一下，差點跌倒，趕緊跟上，背後聽到他大聲說。我先生停下腳步，回頭。

「還有事嗎？」

「我不小心聽到護理師說，她不久前剛生下死掉的寶寶對吧？」

男子用下巴指著我說，我頓時感到血液從頭頂退下，不禁抓住我先生的手臂，第一次有人說得如此直截了當。

我先生生硬地動了一下，男子繼續：

「你不多體恤她一點，會後悔喔，產後如果沒照顧好可能會死。」

我感覺自己的臉繃緊，怎麼可以說得這麼過分？這個人精神一定不正常。

「……你這個人講話太沒禮貌了，令人質疑你的品行。」

「什麼禮貌不禮貌，這純粹是事實吧。誰也沒辦法保證不會死，到時候呼天搶地說怎麼會這樣也來不及了。後悔沒辦法當救命藥。」

人要是死了你就沒辦法為她做任何事了，趁現在為她做能做的吧，男子笑得有點痙攣，極為刺耳。

他在詛咒我嗎？這個人現在好像在宣告我會死一樣，明明自己救了我，為什麼現在要這樣講？

「我不想跟像你這樣的人再有任何牽連，告辭了。」

我先生丟下這一句，露出像看到髒東西的歪曲表情，然後轉身離開。那個力道甩掉了我的手，我晃了一下，我先生頭也不回、邁著大步，我只好趕緊追過去。中間我迅速瞄了一下身後，男子面無表情，愣愣地看著我先生的背影。

又來了。這個男的情緒的波動是我從來沒見過的，我只覺得那些波動複雜交纏在一起，那種莫名的感覺讓我毛骨悚然，我像逃跑似的加快腳步。

「欸，等我，拜託，等我一下。」

離開建築物，進了停車場，我還是追不上我先生，他一直走，一語不發，我在車子前面才終於追上他，邊調整呼吸邊說，那個人太過分了吧。

「講那種神經大條的話，真的很過分，到底是怎樣。」

話還沒說完，突然感覺到頭部受到很大的衝擊，我先生的手掌打在我頭上，啪的巨響伴隨著痛楚，我吃驚得反應不過來。

「怎、怎麼了？」

「醫院通知說妳暈倒，我早退過來，妳卻跟那種人渣在講話，而且還是他救你的？妳不覺得羞恥嗎?!」

這是他第一次對我大聲怒吼，表情極為可怕。看我的嚴厲眼神，好像在斷言我的罪名是愚蠢，我感受到彷彿心臟要被捏碎般的恐懼。

「那，那個，我暈過去了，什麼都不知道，所以，那個……」

「與其被那種人救，妳給我自己想辦法。妳不是應該用爬的也自己爬來醫院嗎？」

然後他手一揮，我再次感到衝擊，衝擊太大，我踉蹌了幾步，眼冒金星。

「首先，這裡的病患個資管理也有問題，為什麼會讓那種男人知道？後面看我怎麼追究責任。」

我先生眼睛充滿怒火，狠狠瞪了剛才離開的建築物，然後用同樣激烈的眼神轉向我。

「還不都是妳！」

又要被打了，我緊閉眼睛縮起身體，不過並沒有痛楚襲來，戰戰兢兢睜開眼，我先生正要進車子。

「快點上車。」

「喔，好……」

頭還火辣辣地痛，雙手不自主地發抖，我還不敢相信，被先生打也是頭一遭，我做的事這麼不可原諒嗎？遲疑地坐進副駕駛座，偷看先生的側臉。他把身體靠在方向盤上，眼神渙散地看著窗外，然後，嘴唇緩緩動了。

「醫生說妳再也不能生了是吧？」

他眼睛始終沒看我，聲音中不帶任何情感。我領悟到不管哭或道歉都得不到他的原諒了，只能低下頭。

我先生施暴的日子就此揭開序幕。如果不是跟那個男的扯上關係，或許不會演變成這樣。如果不是他來救我，一定不會發生這種事。每當我想起第一次被打時那手掌帶來的衝擊，就會這樣想。

第三次遇見他，是一年後的冬天。

外面被大片大片牡丹花瓣似的雪覆蓋成銀色世界，冷冽的夜半，我被先生趕到外面。當時正準備就寢，所以身上只穿著稍厚的一件式睡衣，我先生卻毫不留情地把我趕出去，理由是我穿的內衣太花稍。他只是從領口看到一點點蕾絲，開關就啟動了，大發雷霆說穿這像什麼話，把我揍倒，剝走我的內衣。我只是因為特價，雖然裝飾有點多，也不介意，反正便宜就買了。對於酩酊大醉、已經失去判斷力的他而言，似乎極為不滿。

「對不起。真的對不起。」

聲音太大，萬一引起鄰居騷動，之後我會遭到更嚴重的體罰，所以我只敢咚咚輕敲著玄關門道歉，可是我先生似乎把我關在外面就睡著了。

雪越積越深，酷寒無情奪走我的體溫，牙齒不停打顫，實在受不了了，為了求救，我離開家，心想：走到大馬路叫計程車吧，去找嫁到鄰縣的姐姐，姐姐一定會收留我。沒穿襪子，腳上的橡膠拖鞋不斷陷入雪中，我走向有點距離的大馬路。

可是，由於積雪很深，路上幾乎沒有車。有兩台計程車經過，但都不是空車，我告訴自己忍耐到大馬路就好了，拚了命走過來，結果僅有的希望也消失了。失望之際，已經麻木的腳尖感到一陣劇痛，膝蓋也突然抖個不停，幾乎站不住，我呼吸越來越短促。

雪不像會停的樣子，仰望夜空，浩瀚無際的黑暗中飄下無數白色花瓣般的雪片，看著那無窮無盡的雪片，我產生了一種錯覺，覺得自己快要被深深的黑暗吞噬。明明站著，卻會深深沉陷，我會被白與黑完全覆蓋，終將消失。

腦袋瓜晃了一下，我驚醒，我在無意識間跪了下來，趕緊用雙手摩擦自己的身體，反覆著這個連自我安慰的效果都沒有的動作，我清楚感覺到死亡這個存在就在我身邊，我可能會死在這裡。

儘管手已經不太聽使喚，我還是拚命搓，不過立刻就停了下來。

我何必抗拒死亡呢？應該說，死或許是正確答案。反正我已經生不出任何東西，我不是找不到活下去的意義了嗎？如果活著只是背負殺子的罪名、繼續接受先生的處罰，那死了會有什麼問題呢？活著又能幹嘛？

「什麼嘛，根本沒關係啊。」

實際上說出口，我完全被自己說服了。一想到我死在這裡也沒關係，心情突然輕鬆了起來，就這樣倒下去，我就可以解脫了。當我正想投身雪中時，出現一台黑色汽車，猛力停在我面前，有人從車裡奔出。

「妳在這種地方幹嘛?!」

那個男的身穿喪服，我呆呆地想，啊，死神來了，穿著喪服、開著車，還蠻迎合這個時代的嘛。

「妳就一個人嗎？欸？呃……竟然是妳。」

死神的聲音出現另一種訝異，我望向他的臉，是以前曾經救過我的那個男的。

「啊……為什麼、你會在這裡……？」

我已經不需要再定期去大學附屬醫院檢查了，以為不會再見到他了。結果為什麼要在這種情況下再相遇呢？天哪，這個男的真的是死神吧，只要跟他扯上關係，我就會陷入更深的不幸中。

「我才想問妳咧。呃，叫警察，不對，應該先去醫院吧。」

他抓住我的手，講話像怒吼。警察兩個字突然把我拉回現實，要是鬧到警察那邊，我會被打成什麼樣子？

「不行。別叫警察！我會被罵。」

我抓住他懇求，他睜大眼睛，不是啊，可是，我注視著他遲疑的表情，奮力搖頭。

「欸，你是死神吧？求你快殺了我，帶我去地獄還是哪裡都行，我寧願這樣。」

「蛤？妳腦子有問題嗎！」

我快倒下了，男子用力抱起我，粗暴地丟進車子後座，然後馬上飛來一個東西，好像是他原本穿在身上的外套。我聽到門砰的一聲被用力關上。

「你願意帶我走了？」

我覺得自己有好好咬字，不過似乎並沒有。坐進駕駛座的男子什麼都沒說，我試著再說一次，不過意識迅速地溜走。

——臉上有種被慢慢烤熱的感覺，鼻頭刺刺的，又痛又癢，手腳也很疼痛，我醒了過來。

我似乎抱膝坐著就睡著了，身體非常僵硬，不聽使喚。感覺像是夢換了一個場景般，朦朧混沌。緩緩抬起沉重的眼皮，四下昏暗。眼前有個小小的煤油暖爐，暖爐上面放著燒水壺，內部閃爍著藍紅兩色的火焰。這裡是哪裡？

我動了動身體，身後傳來陌生的聲音：「妳醒啦？」一種聽在耳裡很舒服的聲音。

「感覺怎麼樣？」

我愣愣地轉向聲音來源，那個男子的臉近得嚇人，就在我呼氣可及的位置，有一張臉，我小小尖叫了一聲，試圖拉開距離，一股強大的力量阻止了我，這才發現這男的從背後抱著我，我又尖叫了一聲。

「這、這是怎麼回事?!而且，那個，我的衣服……」

從皮膚相互摩擦的感覺，可以知道我們什麼都沒穿，雖然我原本想死，已經放棄維持清醒了，可是萬萬沒想到會演變成這種局面。

「我、我，這種，那個……放開我！」

「冷靜點。我會放手，妳先鎮定下來。」

我在男子懷裡用力掙扎，他終於放開我，因為沒有力氣，我用爬的遠離他。

我們本來似乎包在同一條毛毯裡，我把毛毯在身上捲好，望向他，他上半身外露，不過內褲是穿著的，我稍微放心了一點。

「這、這是怎麼回事？這裡是哪裡？」

我一邊緊盯著他不放，一邊觀察四周，黑暗而寂靜的房內似乎沒有其他人，就算我尖叫求助，可能也不會有人來。

看著戒心十足的我，男子有點猶豫地說：

「汽車旅館，離那邊最近的就這裡了，不趕緊找一個地方把妳搬進屋裡，妳可能早就凍死了。」

男子聲音裡有種嫌麻煩的口吻，也不像是要接近我的樣子，我用混亂的大腦回想發生的事，同時環顧房內四周。唯一的光源是暖爐的火焰，黑暗的房內沒有生活感，中央是特別有存在感的一張大床。

「雖然來到這裡，結果因為大雪而停電，自來水管也結凍了，連個熱水都放不出來，要幫妳取暖只好這樣做。」

我看了看毛毯裡面的自己，身上什麼都沒穿。

「實在不脫掉不行，所以才脫的。衣服濕透了，內衣……」

「啊……我沒穿。因為他說不准穿。」

我回答，一切彷彿發生在夢裡。我原本穿著的內衣，應該在客廳的垃圾桶裡。

「……妳臉色比剛才好一些了，應該回溫很多了，不過妳還是去待在暖爐附近。」

男子似乎除了他敘述的以外，真的沒有別的念頭，他重新坐好，愣愣地眺望著爐火，看著他，我覺得露骨表現出戒心的我反應過度了，忸怩地在他旁邊坐好。

「呃，謝謝您救了我。」

「嗯。」

我偷看這個對我毫無興趣的男人。他很瘦，鎖骨跟肋骨都隱約可見，與其說瘦，不如說給人憔悴的印象。或許他生病了嗎？這樣想來，他之前各種不明所以的言行舉止，似乎比較能了解一點點。

「你身體不好嗎？」

我小心翼翼地問，他一副嫌麻煩的樣子搖搖頭，然後說：身體不好的是妳吧？

「手啊、腳尖啊，不會痛嗎？可能有凍傷。」

被他一說，我舉起雙手檢視，腳尖有癢癢痛痛的，不過沒有明顯的變化。

「沒事、的樣子。沒有任何問題。」

那就好，話語中不帶任何感情，他說完就緊閉上嘴，不看我，臉朝向暖爐。火焰照射下的雙眼空洞，似乎什麼都沒映入眼簾。大概是身邊的我已經無關緊要了吧，我從他眼裡看到一種類似拒絕的顏色。

多麼奇怪的人。每次見到他，每個瞬間，他都散發出不一樣的氛圍。有時任由粗暴的情緒噴發，有時又透露出一股危險的氣息，像是站在黑暗的深淵裡。剛才抱著我的時候那麼大聲吼我，此刻卻連輪廓似乎都要糊掉般，看起來虛弱無助，彷彿如果沒有我這個觀察者存在，一切都會突然消失。

拉好從肩膀下滑的毛毯，我也把視線轉向火焰，慶幸他對我完全沒興趣。就算問我發生了什麼事，我也不知道該怎麼回答。被我先生趕出門，來到這裡，究竟經過多久了？血液完全回暖，在我體內緩緩流動，運送著熱度。臉頰和鼻尖甚至覺得熱，真不敢相信一度全身凍成那樣。

我沒死啊。

明明已經接受死亡了，我卻沒死。明明我甚至想放棄活下去的。

淚珠滾落，感覺到死的瞬間，那份安心感多麼舒暢，但是我才剛觸及的瞬間，就失去了。我忍住不哭出聲，鼻子塞住，呼吸也急促了起來，我不斷用手拭淚，憋住呼吸。明明想死，卻因為現在的溫暖而鬆了一口氣，我覺得自己好沒用。

「我沒死成。」

我沒死成。在急促的呼吸之間吐出這句話，我感覺到旁邊的人動了起來，我看過去，男子正望著我。搖動的火焰照射著他黑色的眼瞳，清楚反射出到剛才為止連看都不看一眼的我。

「妳原本想死啊？」

被他一問，我說不出話來，嘴巴張張闔闔。

「……我不知道。」一個我想死，另一個我因為活下來而鬆了一口氣，兩個都確實存在。

「可是，我不知道存活下來的意義，就算忍受如此澈底的痛苦也得活著，到底有什麼意義？」

他把手伸向我，輕輕觸碰我左邊嘴角。溫暖的指尖撫摸我的肌膚，一陣令人不舒服的電流流過，我皺起臉，他說：「一定很痛。」

「血凝固了，有一塊瘀青。」

那是我被先生揍的部位，男子撫摸了好幾次，指腹的動作，讓我知道了瘀青的大小。

很痛，但是有點舒服，奇妙的是我沒有覺得不悅，閉上眼，任由他去。

過了一會兒，我感覺到男子接近我，睜開眼，他的臉靠得很近，男子拉出我在毛毯下的左手，用跟剛才一樣的方式撫摸，手臂也有一片青黑色的痕跡，他溫柔地來回撫摸，然後，嘴唇靠近傷處，我內心發出啊一聲，他伸出舌頭舔舐傷處。

就只有那一夜，像是火焰變出的幻覺一樣。我試圖說服自己，那是一場夢。為什麼在這個時機，我非得再遇到那個男人呢？

「這裡會引人注目吧。妳來一下。」

「啊，那個，我，呃——」

我必須拒絕他。可是一想到如果大叫引起騷動，被我先生發現的話……我全身緊繃。光是在外面跟先生以外的男人——而且還偏偏是這個男人——在一起，就不知道要被打幾拳了。我慌張地環視四周，然後想到我打算今天去死，不會再見到我先生了。多少有些意料之外的事不也無所謂嗎？這個男的只有在我人生轉捩點才會出現交集，現在遇見他，說不定是有什麼意義的，我就任由他拉著，跟著他走。

坐上跟那天晚上同一台車，行駛十五分鐘左右後，抵達的是一棟位於住宅區中的老舊日式房子。庭院門歷史悠久，兩側種了闊葉樹，似乎沒人修剪，枝葉自由奔放地舒展四方。

「呃，這裡是哪裡？」

「我家。」

在車上我們終於知道了彼此的名字。他叫清音，我心想：跟外貌相反，是個涼爽的好名字。他問我妳呢？我回答：櫻子。

清音大概是獨居，看起來沒人清掃，玄關上一階的地方，兩端積著灰塵，鞋櫃上有一個江戶切子花瓶，插著一朵茶色的枯萎花朵，百無聊賴地垂著頭，同樣滿布灰塵。他引我到客廳，比起玄關稍微整齊些，不過還是稱不上清潔。打開窗戶及緣廊後，涼爽的風吹進來，吹走了囤積在室內的熱氣。

清音把可能是最乾淨的一個座墊拿給我坐，自己在我正對面坐下。

「妳後來有沒有被妳先生罵？」

他仔細看著我的臉，平靜地問。我所知的他向來很可怕，情緒不穩、容易激動，眼裡總是藏著深深的黑暗，但是現在卻感覺不到，彷彿黑夜射進了陽光。我一邊思索他為什麼變了，一邊點頭，然後說：那時候真抱歉。

「明明您救了我的命，我卻逃走了。」

天快亮的時候，我趁清音熟睡，逃出了房間，請櫃檯幫我設法叫到計程車搭回家。我先生大概多少有些罪惡感，默默迎接穿著沒乾透睡衣從外面回來的我，並沒有問我怎麼過夜的，我也沒說。

「不，我才抱歉。」

清音深深低頭致歉，我看著他的頭頂，愣愣回憶起當時的狀況。

清音只是將嘴唇湊近我的瘀傷，舔舐，他不斷重複著，我幾乎要覺得那些部位是不是完全恢復原本的膚色了。他讓我想起以前養的貓，那隻貓並沒有跟我很親，但只有在我發燒臥床時會來到我身邊，然後用那小小、小小的、銼刀般的舌頭舔舐我的額頭。跟那個粗粗的舌頭，非常相像。

每當清音的舌頭滑過，我就覺得皮膚逐漸舒緩，當我覺得已經被舔夠了，抽回完全放鬆的手，清音就會露出玩具被拿走的孩子似的表情看著我。

「這裡。」

我把清音最先伸手撫摸的左側臉朝向那雙纖弱閃爍的黑眼珠，這次他伸出了舌頭。濕濕的舌頭舔過時，我微微起了雞皮疙瘩。

我全身有很多我先生弄出的傷痕，指給清音看，他就會把舌頭放上去，然後哭泣。撫摸我的傷、安撫舔舐、一顆顆淚珠滾落。

「怎麼是你在哭？」

「因為妳的身體，因為妳很美。」

說什麼傻話，到處是醜陋瘀青的我，怎麼可能美。我正要呵呵笑出來，然後發現了。這個人是透過我的身體看著另一個不是我的存在。我不知道那是什麼，不過，是那個存在驅使他這樣做的。我靜靜守候著邊哭邊舔舐的他。

不過，當清音連肚臍下幾條妊娠紋都極盡溫柔地舔舐起來時，我無法遏止眼淚迸出。那個死產，第一次有人這樣憐慈以對。

我抱著清音一頭亂髮的頭，埋進我胸口，用皮膚去感受他的呼氣和脈搏，然後時時捧起他的頭，舔舐他的眼角。彷彿無法癒合的傷口流出的血，淚也汩汩而出、源源不絕。

我們沒有再說任何一句話，捲在一條毛毯中，我們緊緊依偎，相互擁抱。出示痛處、互相撫慰，互相舔舐看不見的出血，內心祈求傷口能癒合。

在溫暖火光旁進行的，是一種同為這個世界上生物間的行為。我們化作無關性別的一介生物，一心為了彼此懷抱的傷不斷祈禱。那時存在我們之間的東西，我現在也不知道該怎麼稱呼，沒有言語、也不是男女之親，只憑著個體的碰觸就能相互補足的那個東西，究竟是什麼呢？

是如此舒服、如此親愛，而回想起來，會有一點點泫然欲泣。

「不過，我多虧了妳才得救。因為有那個夜晚，我才能有今天。」

清音的話讓我回過神。我也一樣，那一夜相互憐惜的記憶，讓我好不容易撐下來，活到現在。可是他又是為了什麼而痛苦呢？我歪著頭，清音曖昧一笑，然後正色。手伸過來，碰觸我的嘴角。

「又有瘀青了。」

我明明用膚色細心蓋住，好像還是被察覺了。他用指腹抹掉覆蓋在上面的顏色，看著我的眼睛。

「妳先生嗎？」

「昨天我惹他生氣了，大概他不想喝紅酒，想喝啤酒吧，都怪我準備的是紅酒。」

視線變得尖銳，我開始害怕，趕緊解釋，他眼中有類似我先生快要被啟動時的光芒。清音慢慢接近我，然後把我推倒，驚嚇試圖反抗的兩隻手被一隻大手制住，固定在頭上方，逼近跪在我腿間的清音，粗暴地掀起我的洋裝，皮膚接觸到柔和的風，我抽動了一下。

「你幹嘛突然……好痛！」

他按壓我的側腹，我忍不住叫出來，他還按了我右胸上方、大腿、下腹，全都是承接我先生暴力的部位。側腹昨晚剛被踢得最凶，換衣服時看到那塊已經變成醜陋混濁的黑色。

清音像自言自語地說那時候也很嚴重，我發現他的目的，不再抵抗。

「全部是妳那個先生幹的吧？」

「對，是他。」

一旦決心要去死，膽子是不是都會變大呢？平時我會拚命掩飾，現在卻可以平靜地點頭。大白天被幾乎完全不知道來歷的男人固定在地上，肌膚全曝露出來，也覺得無所謂。我的心情像是回頭車順便加減賺額外零用錢一樣，開始滔滔不絕。

「在經過我幾次流產、一次死產之後，我先生開始憎恨我，施暴的頻率越來越高，瘀青也成正比增加。」

「為什麼不離開他？離婚就好了。」

他語氣中有責備，我愚蠢地「蛤？」了一聲，這件事我想都沒想過。我稍微想了一下：為什麼呢？然後察覺：「喔，對了。」因為我覺得要是我們夫妻分手，曾經存在我們夫妻之間的那些孩子就會消失，因為那四條小生命，誰也不認識，能為他們悲嘆的，只有我跟我先生兩個人。

可是，這樣對嗎？已經有很長一段時間，我都沒有跟先生談到孩子們的記憶了。我先生只會不斷責怪我殺了孩子，卻不會談其他的事。

「這樣下去妳總有一天會被殺死。」

在我陷入沉思時，清音嚴厲地吐出這句話。我的反應依舊是：「蛤？」

「對啊，等著被殺太痛苦了，所以我打算今天去死。」

現在輪到清音口中發出奇怪的聲音。他鬆開壓住我雙手的左手。

「今天我生日，而且又是天氣這麼好的星期天，我覺得非常適合赴死。」

「妳在講什麼？」

他的大手完全放開我，我慢慢坐起來，稍微拉開跟清音的距離，我把掀起來的衣服整理好。

「我覺得好累，不管是忍耐為孩子服喪的傷痛、或是承受沒完沒了的暴力，我都累了。我先生大概一輩子都會對我施暴吧。」

「所以離……啊，對了，假使櫻子小姐的先生停止施暴，就可以不必去死了吧？」

用手梳理亂髮的我，思考了一下清音的問題，搖頭。

「不，我還是想死。我已經無法再生育了。」

不知道多少次，我夢到被宣判身體再也無法承受懷孕的瞬間，每次我都哭著醒來。

「我想養育小孩、想欣喜於他們的成長，那是我一直以來的夢想，如果無法實現，我活著也沒意義。我先生一定也很清楚這一點，所以無法停止打我。」

感到眼角滲出淚水，一瞬間就滑下臉頰。到了彼端，有我四個孩子，我可以親手抱他們，那一定會很幸福的。

清音什麼都沒說，把整盒面紙丟給我，我抽出幾張按著眼睛。

「……欸，妳去把妳先生也殺了吧。」

「你在、說什麼……」

「妳先生還不是，愛孩子愛到必須把妳傷害至此？既然如此，父母一起去見孩子不就好了？」

「一起去，見他們？」

我受到衝擊之大，彷彿腦袋被重重擊了一拳，重複了好幾次清音的話，他的提議聽起來非常棒，見到孩子們，我先生是不是也會回到以前那個溫柔的他？是不是可以脫離痛苦，露出笑容？

我會的。我堅定地點頭。

「那，我給你安眠藥。妳今天接下來——把這個混在晚餐裡。沒有味道，他應該不會發現。他睡著以後，妳就去掐他脖子。妳先生後來沒變胖吧？」

「沒有，現在也還是瘦瘦的。」

「那就沒問題。聽好喔，一定要用掐脖子的方式，兩隻手，這樣子。呼吸停了之後，手也暫時不能放開。」

清音把手放在我脖子上。只要輕輕用力，就會窒息。我說不出口我懂了，輕輕點了幾次頭。

「還有，再答應我一件事，殺死妳先生後，通知我過去。」

清音把手拿開，我深深吐了一口氣，然後問他為什麼。清音一臉理所當然，說：接下來得輪到櫻子小姐死，不是嗎？

「由我來殺了妳，因為我是死神。」

死神。我的確曾經這樣看他，可是，我有喊出口嗎？我不太記得。不管了，死神也好什麼都好，清音願意殺我，真是太好了。由改變我人生的男人、試圖療癒我傷口的男人來殺我，我覺得自己可以很順利地啟程。

「好，我答應你。」

清音給了我白色藥粉，送我到家附近的公園。

「今晚辦好事來這裡，我會等妳到天亮。」

殺了先生，死神會在公園等我。

回到原本以為不會再回來的家，我懷著不可思議的心情打開玄關的鎖，一進去，就被面如般若的先生抓住手腕。

妳去哪裡了？才剛問出口，已經被甩了一耳光，接著被拖進客廳，出門前應該收拾整潔的室內又是一團糟。

「回到家，妳不在，而且還打扮得那麼誇張，去幹嘛了？」

「對不、起……！」

他毆打我的頭，那個力道讓我飛撞到牆上，背用力撞上餐具櫃的角，我一瞬間停止了呼吸。我不停咳嗽，他揪住我的頭髮硬是強迫我抬起臉。

「明明空有個爛肚子，妳還以為自己是個女人嗎？不像話。衣服換掉，快給我整理一下。」

「好……的……」

我先生手一放開，一綹一綹的頭髮往地上掉，我全身劇痛，眼眶帶淚，可是，心情很平靜，這些都會在今晚結束，死神會帶我到幸福等著我的地方。

我開始整理比平時更慘的房間，看來他對於我出門這件事相當不滿，客廳以外的房間也很慘重，我當寢室用的佛堂特別慘不忍睹。我一件一件收拾著從和服衣櫃被拉出來剪破的衣服、以及從化妝台被拿出來倒進垃圾桶裡的化妝品。

突然視線一轉，我忍不住倒抽一口氣。小小的佛壇染成一片白色，陶製香爐破成兩半，早上供奉的佛飯和茶、連牌位都蓋上了一層灰。

為什麼要做出這種事？當我發現的時候已經被先生抓住，用力毆打。他不斷踢我的肚子，說：都是妳害的。

「為什、麼……」

然後，我就把粉末溶在晚餐的味噌湯裡了。擔心他會發現，我心臟狂跳，不過他什麼都沒說，默默吃完了。飯後不到半小時，他揉著眼說很睏，就進了寢室。等了三十分鐘，我戰戰兢兢去看，他靜靜沉睡著。蓋到胸前的薄被，規律地上下起伏。

收拾好一切，我回到寢室，由於緊張過度，我覺得想吐，決定要自己一個人赴死的時候心情那麼愉快，現在卻只有痛苦。不過，完成之後，一定可以獲得解脫。

做了好幾次深呼吸，我在先生旁邊坐下，試著喊他，沒有反應。

下定決心，我跨在先生身上，身體懸在半空中小心不壓到他，接著慢慢伸出雙手圍住他的脖子。

溫溫的。我有多久沒有感受到他的體溫了？寢室也分開、自始至終也不再有肢體接觸——除了被打的時候以外。

我就這樣手圈著他的脖子，凝視他的睡臉。好像瘦了一些，還零星長了一些白髮，眉間有幾條縱向的皺紋。

如果我殺了他，在另一個世界重逢，他真的會高興嗎？不會生氣說妳怎麼連我都殺了嗎？啊，我真的不知道。

「我們在那邊見喔。」

雙手用力，手心傳來一跳一跳的脈動。

到了公園，屋外燈下站著死神。跟冬天的夜晚一樣，他穿著喪服。站姿彷彿從黑暗中浮上來的死神，看到我的表情，輕輕笑了。

「妳辦不到，對吧？」

我淚流不止，忍著嗚咽，點頭。我先生，我殺不下手。

「他，活著啊。那個人活著。」

在死神面前，我像懺悔般跌坐下去。

我一用力，我先生的呼吸就停了，心裡明明想著，來吧，就這樣一鼓作氣，可是我察覺了，沒辦法假裝沒有察覺，在我手中，脈搏強而有力地跳動著，那是我先生生命的鼓動，啊啊我現在要用這兩隻手捏碎一條生命，這樣想的瞬間，就失去了氣力。

那孩子小到可以用我雙手包住，但是卻沒有脈動，就算我瘋狂切盼也沒辦法。那個當下，我願意犧牲任何事去換取的東西，現在我無法用抱過他的這雙手剝奪。我們不可以自己去緊抓住死亡，一旦做了這樣的事，我一定無法再見那孩子。

回過神的時候，我的手已經離開先生了，他稍微痛苦地咳了一陣子，不過又再度進入睡眠中，我看著這一切，全身噴發出汗來，把顫抖不停的雙手抱在胸前，呼了一口氣：

「還好。」打從心底放心，自己並沒有毀壞任何一條性命。

對不起。真的對不起。

我發現自己不停地反覆道歉，卻不知道是對誰、道什麼歉。是對無法去見的孩子們？還是對我先生？

我用雙手接近自己的脖子，緊緊包覆住，感覺到跟先生一樣的脈搏，湧出新的眼淚。

「我也活著。即使我是這樣的一個人。」

那不是理所當然嗎？清音用平穩的聲音說，然後繼續：

「我們出門吧。」

清音載著我，開到海邊，那是我原本預定要死的地方。

夜晚的海邊，在月光照射下，微微發光，只有海浪靜靜發出細碎的聲響。下了車，我們並排前行。淡淡發光的沙讓兩人的腳步聲交疊為一。

我妻子死了，清音靜靜說道。

原本非常健康，有一天突然生病，住進醫院。遇見坐在那排銀杏樹下的櫻子小姐那天，是她被宣告來日不多的日子，那時候距離她身體不舒服住院，還不到半年喔。不幸就是會驟然降臨，這種事不是只發生在電視劇裡，現實也如此啊。

他說得像自言自語，為了不打擾他，我只有輕輕點頭。只發生在虛構創作中那種不幸，怎麼可能會發生在自己頭上，我也曾經這樣想。

雖然醫生說，身為丈夫，要由你來扶持夫人，我心想，我辦不到。我從來沒思考過她生病、死亡這些事，一直以來，都是她在扶持我，我自己都已經動搖成這樣了，要怎麼扶持她？我跟醫生說，總之費用我會付，其他的就麻煩你們了，然後，我就逃走了。總之想忘記一切，所以拚命灌酒。我記不清楚了，我想應該喝了非常可觀的量，不過，我真的很蠢，明明從醫院逃走，結果卻揹著病人回去，而且醉醺醺的，腳站不穩，花了很多時間，最後還被護理師大吼，沒有人這麼遜的，真的。

清音靜靜地笑，被他傳染，我也稍微放鬆了表情。

「那時候，我心裡想：被這種醉漢救，誰受得了啊。」

我一說，清音愉悅地回答，這倒是一點也沒錯。

我對櫻子小姐的先生丟出的那些話，全部都是講給自己聽的。現在覺得真的很失禮，可是也因此，我發現後悔也好、逃避也好，都沒有意義，接下來我就盡己所能去扶持我妻子。她也努力回應我，活得比醫院宣告得還久，可惜還是無法治好，她的病惡化到大概只能再撐幾天了，她在稍微清醒一些的時候，說：你可以幫我擦澡嗎？她一直都沒辦法洗澡，我想或許可以讓她舒服些，馬上就去準備。

清音的話語滴滴落下，浪花把它們全數劫走。它們最後會流向何方呢？苦痛哀傷前往之處，是否有一個像海洋盡頭的地方呢？人是一種藉由丟棄悲傷就能在明天活下去的生物嗎？倘若如此，我之所以選擇這裡作為尋死之處，是否也是出自想去那個盡頭的本能呢？我的視線遠方，是一片浩瀚的漆黑。

真的是惡夢啊。原本白皙細嫩的身體只剩皮包骨，我必須用這雙手撫過那只剩一點點肉的身體。像細棍子一樣的手，因為打點滴，有黑黑的瘀血，大腿的肉也都沒了，只有腹部因為腹水膨脹得鼓鼓的，藍色的血管像一張網布滿全身，皮膚呈現土黃色，很乾燥，明明還活著，卻散發出死掉生物的氣味，為什麼會變成這樣？我拚命忍住想大喊的衝動，幫她擦澡。

然後我覺得再也看不下去了，心想，早點讓她解放比較好，我掐住了她的脖子。血管凸起的細瘦脖子，感覺稍用點力馬上就可以折斷，然後我就感覺到了，汩汩流動的血液，即使在這樣的情況下，生命還是拚死地流動著，所以我辦不到。我抱緊那枯木一樣的身體說對不起，被那傢伙取笑：你真傻。這是想要也無法到手的東西耶，再怎麼破爛不堪、再怎麼難看，我們還是好好珍惜它吧。她說得太雲淡風輕，我對自己感到羞恥，哭了起來。

我拾起在水邊晃動的小貝殼，這是還沒被波浪沖走的、清音喃喃自語的碎片。啊，原來把我引導到這裡來的，就是這些話語啊。手掌中，那份我大概永生難忘的脈動再次甦醒，我緊握住貝殼，像是緊握住那些碎片與脈動。

清音突然停下腳步，面向海浪拍打之處，眺望了一陣子。我也望向海浪的盡頭。

「再次見到妳，是我妻子葬禮結束的夜晚，從這個海邊回家的路上。」

「……下那麼大的雪啊，你為什麼會去海邊？」

他抬頭仰望月亮，然後說：「為了讓她成為海。」

她生前一直說，一點點就好，把我的骨灰撒在海裡吧。我在這個世界上什麼都沒留下就要死了，至少希望能夠溶化在充滿這個世界的水裡。我想變成孕育生物的存在。我心想，她的想法真奇怪。不過馬上轉念，這是她最後的心願，我怎麼能不答應呢。所以我帶了她的骨灰來這裡，卻辦不到，又把裝了骨灰的瓶子原封不動帶回家。

「為什麼？人都特意來了。」

清音陷入沉思，沉默了。隔著他寬廣的背看到的海，被卡士達醬似的月光照射得波光粼粼，美不勝收。我們凝望同一個方向片刻，然後清音說：今天的海真美。那句喃喃自語，聽起來不像需要人回應，我輕輕點了點頭。

不過，那天，這裡天氣很壞，看起來像是通往死亡的入口。我心想，她生前就已經受盡折磨，難道死後還得丟進地獄嗎？所以我辦不到。在我猶豫不決的時候，她那被病魔侵蝕的瘦弱身體突然一直出現在我眼前，無法抹去，我開始想一些蠢事，是不是她正要變成什麼可怕的東西，開始覺得連我都會被死亡捲入，我很害怕，就逃離了這裡。待久了，我大概會抱著瓶子自己跳入海裡。然後我就在回程，看到站都站不穩的櫻子小姐。一時之間，我還以為死掉的她追我追到這裡來，差點來不及轉方向盤。哈哈，怎麼可能有那種事。後來總之想盡辦法要救妳，可是看來背後有故事，我帶妳去哪裡都不對，可是心想這樣下去妳會死掉，結果把妳帶去那種地方。

我脫下涼鞋，光著腳越過清音身旁，踏進彷彿向我招手般緩緩拍擊沙灘的波浪裡。冰冰涼涼的，很舒服。趾縫間感覺到沙溫柔地觸碰又離去。再往前走，洋裝裙襬濕了。我一邊享受著海浪讓裙襬舞動的感覺，同時望向遠方。遠方深深的黑暗中，連海平面都看不清，可以看到前進船隻的光，漸漸變小，最後消逝。那艘船要朝哪裡去呢？

想變成海。那份心願，是跟我一樣，來自想抵達盡頭的悲傷嗎？不過，我覺得不是。身後響起清音的聲音。

那個冬天夜晚，櫻子小姐說沒死成，還說，明明不知道忍受痛苦也得活著到底有什麼意義？我當時想：啊，這個人是不死之人啊。幾乎凍死、全身瘀青、精神痛苦，卻不會死的人。我覺得櫻子小姐就是美麗生命的象徵，瘀青下柔軟的肉、溫暖水潤的肌膚，加上心臟強力的鼓動，對我而言是強勁到令我發昏的衝擊，原本囚禁於逐漸死去肉體的我，覺得那是奇蹟。

那時候，我有一種筋疲力竭的身心都得到療癒的感覺，那時候，是櫻子小姐將「生」分給我的。

我將臉從水面轉向清音，他說謝謝我。「謝謝妳那時候讓我活下來。」

「而清音今天救了我，我們扯平了。」

「沒錯。」

清音輕笑著從口袋取出小瓶，比底片盒還小的瓶子，底部有像這裡一整片沙般鬆鬆的東西。我輕聲問：「你妻子？」他點頭。

「在等妳的時候，我一直在想，如果遍體鱗傷痛苦不已、一心求死的櫻子小姐，戰勝死亡，回到這裡，我就要這樣做。」

我朝岸上走，清音跟我交錯，往浪間去。他走到水深及腰的地方，久久望著遠方。

「沒關係嗎？」

「嗯，這樣就好。那時候的海，跟現在的海是一樣的。他們只是互為表裡。」

我守候著那個背影，然後，回想不知其名的女性最後的願望。

「啊，原來是這麼一回事。」

我忍不住出聲，清音緩緩回過頭。我舉起手裡的貝殼，說：

原來是這麼一回事，人可以成為海，在世界周遊的海。

海不存在盡頭，她的苦痛四處巡迴，最後來到我身邊，拯救了我。流過的淚，終有一日會溫柔觸及另一個人，人可以變成孕育別人的存在。

背著月光的清音，表情看不清楚，他再度轉身向海，大幅揮動手臂，從劃出美麗曲線的手中，她翩翩起舞、閃閃發光，那個景象，極為炫目。

從海裡上岸的清音，想起什麼似的，看了看自己的手錶。

「十一點五十八分。」

「是嗎？怎麼了嗎？」

生日快樂，清音笑了。

「櫻子！櫻子！卡車來囉。」

我在沙發上小睡，有人輕搖我的肩膀，緩緩睜開眼，看到由里望著我。

「還有一個妹妹頭的女生，她就是晴子對吧？我可以去跟她打招呼嗎？」

「好，麻煩妳，我也會馬上過去。」

打個呵欠，站起來。由里一臉開心，往外衝出去。

「由里這傢伙，聽說有同學年的人要搬來，最近吵死人了，很煩。」

在書桌前做功課的小隆故意皺眉頭給我看，他們是住附近公寓的青梅竹馬，兩個都是我接生的，小隆當時是個接近四千公克的巨嬰，黎明時刻，一出生就哭得響亮。

我看著他跟當時還有幾分像的臉，笑著跟他說別這樣講。

「這樣我很開心啊，剛搬來就交得到朋友，晴子一定會比較安心。來吧，我們去幫忙搬行李。」

不知道小睡時有沒有流口水，我從口袋拿出小鏡子，望進去，裡面是個滿臉皺紋的老太太。輕笑：討厭，剛才夢中明明還很年輕的。

我做了個令人懷念的夢，我跟清音都還年輕。

在那個夏天海邊之夜過後，發生了許多事。我決心離婚，因為我認為終結一段只有一輩子互相傷害的關係，對我和我先生都是最好的。不過，跟他離婚，花了長達三年的時間。經過彷彿泥淖中牽扯不清的對話溝通，最後，條件是我隻身什麼都不帶離開那個家，說服對方答應離婚，然後我搬進了清音家。清音默默抱緊了因心勞消瘦的我。

接著，我用比學生時代衰退很多的大腦拚命讀書，取得護理師執照，然後又繼續精進，成了助產士。接下來我想用自己的雙手抱抱新生命。

我永遠忘不了第一次接生的情景，我哭著說，我好慶幸那時候沒選擇去死，接著清音就向我求婚了。之後我們把住家改建成接生診所，最後在迎接七十歲生日時，關閉了診所，不過接生過的孩子，到現在都還常來玩，家裡總是很熱鬧。

我跟清音共享了許多那個決心赴死的早晨無法想像的幸福，一直到他過世的瞬間都如此，此刻亦然。

「小隆也幫幫忙吧，搬完大家一起吃萩餅。聽說晴子最愛吃這個，我一早做了一大堆。」

「嗨唷。真是無奈。」小隆很故意地聳聳肩，其實我知道他也很期待晴子出現。由里偷偷告訴我，小隆還特地去剪頭髮，對人家有所期待，超好笑的。

一出去，看到搬家業者正在把傢俱搬下來，一身運動服的外甥，看到我，對我鞠躬。

「阿姨，從今天開始要多麻煩您關照了。」

「好的好的，我會好好照顧她的。」

大約一周前，外甥造訪，說希望把孩子寄養在我這裡。外甥很早就離婚了，唯一的女兒晴子，是由她的祖母、也就是我姐姐代父母職養大的，可是姐姐前一陣子因為失智症而住進了養護中心。

外甥低頭求我，說自己一個男人沒辦法養育，請幫幫他。我覺得很困惑。

雖然我覺得自己還很健壯，仍然感慨外甥竟然會把唯一的孩子交給快要七十七歲的老太婆。不過，他說這樣下去會讓這孩子不好受，我聽了也無法拒絕。

「晴子呢？」

我外甥伸手指著：「在那邊。」他的左手多了前幾天沒有的新戒指，閃閃發亮，我察覺令人難過的理由。難過的是，世界上還是有些父母，當上父母後就忘了當父母的喜悅。不過當那是跟自己有血緣關係的人時，我還是難免感到些許失望。

我望過去，庭院門外有個嬌小的女孩，由里正在跟她說話，晴子看起來很猶豫該不該進來。之前最後一次見到她，是她小學低年級的時候，總是黏在我姐姐高大身材的後面，她自己一個人可能不太敢進來。

「晴子，歡迎妳來。」一離開代母職的奶奶，被父親拋棄，我想她內心一定有我無法想像的狂風暴雨正在肆虐，為了盡可能讓她放心，我用最大誠意對她微笑。

「以後請多指教喔。」

「……請您多多指教。」

她的聲音無所適從，一副隨時都要哭出來的樣子，但我看得出晴子意志相當堅決。啊，這孩子是下定決心才來的，所以，一定沒問題。

「晴子，妳別怕，沒問題的。妳看這個。」

由里若有所悟，指著自己背後門邊的舊招牌。

「這裡是『海的入口』喔。進到裡面，就可以逃過全世界的哀傷和痛苦。」

晴子不可思議地看看招牌，又看看我，等著我回答。

「以前我在這裡開接生診所，這是當時診所的名字。」

「好奇怪的名字。竟然叫做海的入口。」

「呵呵，很不可思議吧？至於由來，妳回頭看看。」

這個家位在高處，遠方可以看見水平線，是很久以前我曾經想尋死的那片海，也是有一位女性成為海的地方。

「可以看見海吧？那片海跟全世界相連，在這裡出生的孩子，是游向跟那片海一樣廣闊世界的幼魚，所以這邊是海的入口，這裡面是為了出海做準備的地方，是這個意思。」

「做準備的地方……」

「我也是在這裡出生的喔。」由里開朗地告訴晴子，晴子像是回應她般，嘴角生澀地上揚。

抬頭看著招牌，我陷入回憶。

清音，只要從這裡出去，想變成什麼都能如願，人也可以成為海、成為有孕育能力的人。是不是很美好？我覺得這裡非取這個名字不可！

憶起當年自己興奮的樣子，我忍不住微笑。

我牽起嬌小晴子的手，帶她進門。

逆流——《泅泳夜空的巧克力飛船魚》解讀

林佳樺／作家

此書以魚和水兩大意象貫穿。可能由於日本島國四周環海，因此文學、電影裡和水、魚有著不解之緣（如《萬葉集》吟誦鯛魚的和歌、小津安二郎《秋刀魚之味》）。

小說主角多是女性，女人的子宮羊水孕育新生，作者也許是藉由「魚」影射女性面對逆境仍堅持拍鰭的勇氣。載浮載沉的水也是面鏡子，主角努力泅游時，也在透過鏡面般的水觀照自我。

看似五篇各自獨立的小說，實則精巧地以一、兩個人物前後出場，不著痕跡地串起全書架構，各篇經營的水意象如五滴液體，最後融成水，呼應末篇主角的診所名稱：「海的入口」。閱讀過程有著「原來前篇人物在此篇是個彩蛋」的驚喜。

這五篇是趟航程：熟睡—淺眠—睜眼—醒覺掙扎，一直到最末篇的覺醒。

首篇〈喀麥隆的藍色小魚〉，主角的自覺仍在熟睡狀態。女主角幸喜子不慎掉了假牙，前往看診時偶遇消失十二年的初戀情人阿龍，他也是當年害女主角裝上假牙的禍首。重逢後的幸喜子明知結局，仍故作堅強告訴自己：會讓自己和阿龍生長的這個小鎮成為容易呼吸的地方。

文中的假牙是否影射兩人的情愛終究會掉？昔日相約時，討厭甜食的阿龍卻最喜歡幸喜子嚼水果口香糖的氣味，十二年後阿龍身上已聞不到水果口香糖的味道。此糖早已停產了。

重逢的兩人來到了爬蟲魚店，水槽裡有兩隻藍色眼瞳的魚游著，幸喜子說，這種魚故鄉在好遠的喀麥隆，在這麼小的水槽好可憐。阿龍回答，任何生物都可以適應環境活下去。

象徵情愛的兩隻魚最後都存活下來嗎？這要讀者自行閱讀，但幸喜子最後理解阿龍拚命掙扎活下去，實則也是女主角自己努力地游著。幸喜子一味用順從等待的方式回應感情，掌握生命方向的主宰力量是沉睡在她體內。

次篇〈泅泳夜空的巧克力飛船魚〉，總是躲在奶奶背後的怯弱女主角晴子某天勇敢地痛打霸凌自己的同學，吸引了班上男孩啟太的注意。啟太是首篇女主角幸喜子的兒子。兩個單親的青少年深知寂寞的滋味。

晴子家有個水族缸，養著巧克力飛船魚，這種魚父母會把幼魚含在嘴裡，避免外敵。晴子青春期以前一直被包覆在奶奶的嘴裡，某天家裡的意外，讓晴子必須從奶奶的嘴裡游出來，一旦游出來，沉睡在體內的自覺便開始被叫喚。

〈穿梭波間的黃緞帶〉一篇，主角是睜眼看見了內在的自己。

女孩沙世專程移居到這小鎮，因為自殺的男友是在小鎮月台被輾死。另一女主角遠藤環十五年前介入公司主任的婚姻。如今自己的先生外遇，她前來藍緞帶餐廳投靠昔日暗戀自己的高橋先生，沒料到當年靦腆的高橋先生已成為幹練的「女店主」芙美姐，並且照顧沙世。原本遠藤環是抱著只要有人想著自己，就能找回自信，然而看著女性打扮的高橋先生，環內心不禁有股落寞。環後來經由沙世轉述，努力體會芙美姐本身及店名「藍緞帶」的寓意：雄魚某天會自然轉成雌魚。

某天環約沙世登山俯瞰小鎮，赫然發現自己是在這麼小的空間笑、哭與煩惱，此時米粒之微的小鎮呼應了上篇小說晴子奶奶的形容「小鎮是個水族箱」，沙世也藉由水映照出，原來自己如一條被困在有限空間的魚。

至於遠藤環想靠著昔日珍視自己的高橋先生重拾自信，不也是把自己困在某種期待的困境中？把支撐力道附著在他人身上是不穩的，終究得回到自覺。芙美姐就是有高度自覺的人，自始至終都知道自己的方向。藍緞帶（Blue Ribbon）是五彩鰻的英文俗名，年輕的時候是藍色雄魚，成熟後會變成黃色雌魚。芙美姐賦予了「男性」重史新生，化成「女性」的芙美重新誕生，這份力量的擴散效應使環有了勇氣為婚姻努力，而沙世則是努力突破創傷困境。

〈溺水的小黑魚〉探討留下與出走。女主角小唯的父親在她學走路時會突然離家多天。離去許久的父親再回來，只剩骨灰罈，而母親故意把病死的先生的骨灰罈遺棄在電車上。

長大後的小唯同理了父親的心——不找到一個可以呼吸的地方就會活不下去。但母親想用婚姻綁住小唯，時常以骨灰的下場威脅女兒如果離開小鎮，便是死後也無法安葬。長大後的小唯明白自己無法在這個形同水族箱的小鎮內滯留。某天她遇到了個性與自己一樣的宇崎，已經醒覺的小唯掙扎在留與走之間。

末篇〈成為海〉：櫻子多次流產、飽受先生毆虐，被逼到絕境的她決定自殺的那天，遇到之前多次救過自己的頹廢男子清音，對方建議櫻子殺了先生，清音再勒死櫻子。清音則是因妻子病故，毫無生趣。兩個痛苦的人面臨大海，那洶湧拍打的浪濤象徵著考驗與苦難。櫻子在生育難題面前，歷經痛苦絕望、想自殺、到完全自覺想要「生存」，她勇敢結束婚姻，和清音展開新生。

這一對是經歷了死到生。後來兩人在小鎮開業，接生診所名稱是「海的入口」，人可以成為海，成為快墜落的人的浮木；在此出生的嬰兒是游向世界的幼魚，而魚是卵生，象徵繁衍，生生不息。

西方小說《白鯨記》、《老人與海》，魚與海似乎站在人的對立面，顯示主角一路上遇到的阻礙困難，彰顯人類的強者力量；此書則是顯示人與魚的並立，將角色的情感投射在魚身上，泅游水中的角色們透過或清或濁的水，看到映照的風景，觀照自己拍鰭的姿態。

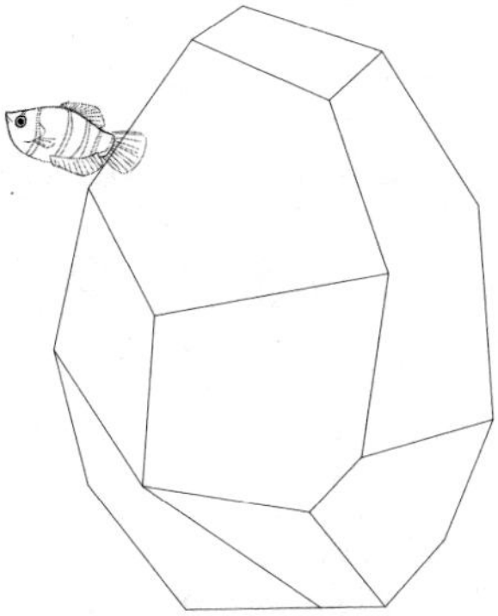

國家圖書館出版品預行編目 (CIP) 資料

泅泳夜空的巧克力飛船魚 / 町田苑香著 ; 李欣怡譯 . -- 初版 . -- 臺北市 : 遠流出版事業股份有限公司 , 2023.08
面 ;　公分
ISBN 978-626-361-165-8(平裝)

861.57　　112010128

泅泳夜空的巧克力飛船魚

夜空に泳ぐチョコレートグラミー

作者——町田苑香
譯者——李欣怡
總編輯——盧春旭
執行編輯——黃婉華
行銷企劃——鍾湘晴
美術設計——王瓊瑤、詹子葳
內頁插圖——黃婉華

發行人——王榮文
出版發行——遠流出版事業股份有限公司
地址——104005 台北市中山北路一段 11 號 13 樓
客服電話——(02)2571-0297
傳真——(02)2571-0197
郵撥——0189456-1
著作權顧問——蕭雄淋律師
ISBN ——978-626-361-165-8

2023 年 8 月 1 日 初版一刷
定價——新台幣 420 元
（缺頁或破損的書，請寄回更換）

YLib 遠流博識網 http://www.ylib.com
E-mail: ylib@ylib.com
遠流粉絲團 https://www.facebook.com/ylibfans